터무니없는 스킬로 이세계 방랑 밥

에구치 렌 지음
author • Ren Eguchi
마사 일러스트
illustration • Masa
정대식 옮김

12 카라아게
× 거대한 고룡

???

그 압도적인 크기와 존재감에
나도 모르게 주저앉고 말았다.

페르

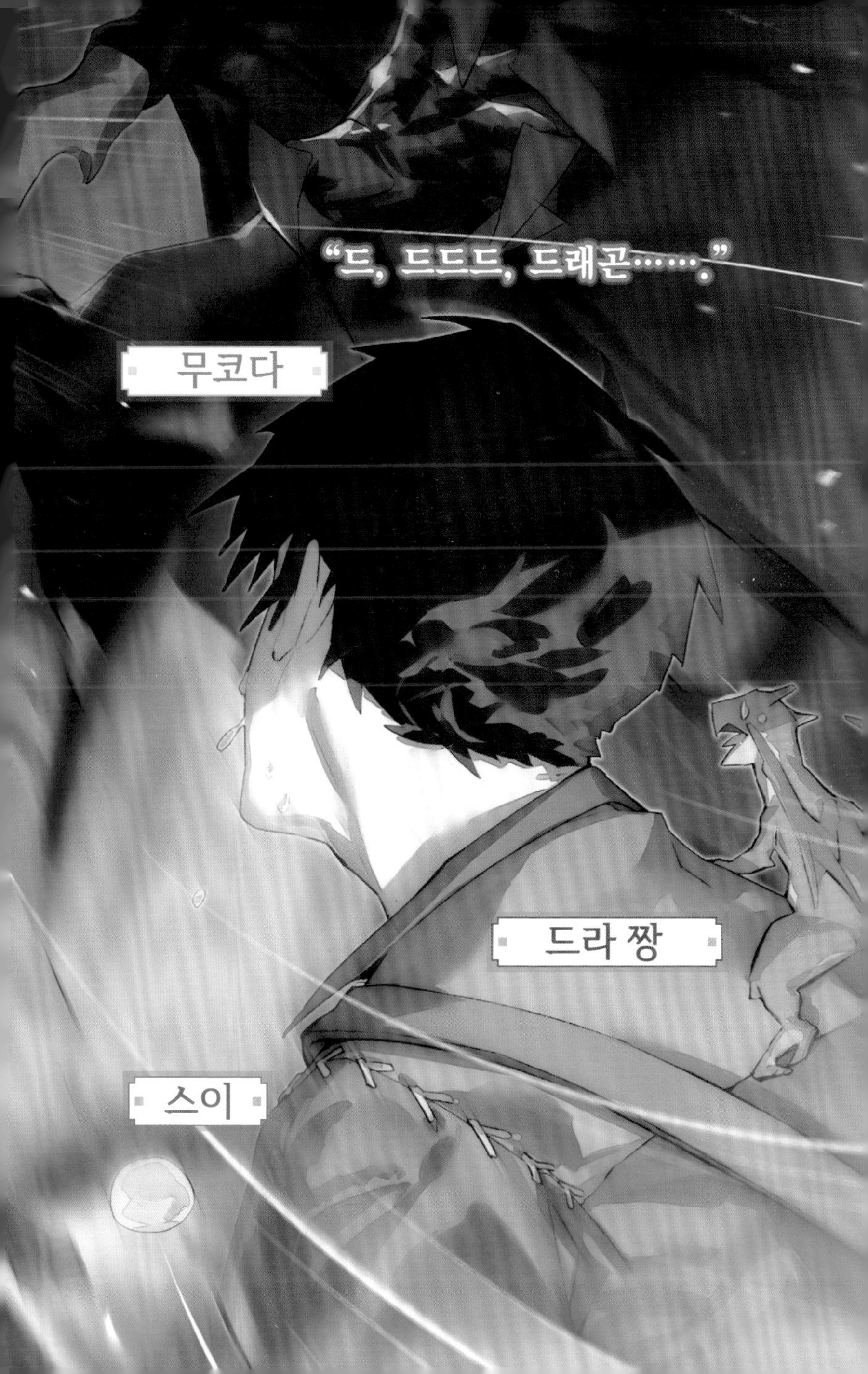
"드, 드드드, 드래곤……."
무코다
드라 짱
스이

닌릴

무시.

루사루카

"……돈이 있다면,
우리의 예산도 늘려줘도
되지 않느냐."

터무니없는
스킬로
이세계 방랑 밥
12
카라아게

×

거대한 고룡

에구치 렌 지음
author · Ren Eguchi
마사 일러스트
illustration · Masa
정대식 옮김

인물 소개

무코다 일행

드라짱
사역마

보기 드문 픽시 드래곤. 작지만 성체. 역시 무코다의 요리를 노리고 사역마가 되었다.

스이
사역마

갓 태어난 슬라임. 밥을 준 무코다를 따르며 사역마가 된다. 귀엽다.

페르
사역마

전설의 마수 펜리르. 무코다가 만든 이세계 요리를 노리고 계약을 요구하여 사역마가 되었다. 채소를 싫어한다.

무코다
인간

현대 일본에서 소환된 샐러리맨. 고유 스킬 '인터넷 슈퍼'를 지녔다. 특기는 요리. 겁쟁이.

신계

루사루카
신

물의 여신. 공물을 노리고 무코다의 사역마인 스이에게 가호를 내린다. 이세계의 음식을 정말 좋아한다.

키샤르
신

대지의 여신. 공물을 노리고 무코다에게 가호를 내린다. 이세계 미용 제품의 효과에 매료되었다.

아그니
신

불의 여신. 공물을 노리고 무코다에게 가호를 내린다. 이세계의 술, 특히 맥주를 좋아한다.

닌릴
신

바람의 여신. 공물을 노리고 무코다에게 가호를 내린다. 이세계의 단것, 특히 도라야키에는 정신을 못 차린다.

◀ 다음

지금까지의 줄거리

수상쩍어 보이는 왕국의 '용사 소환'에 휩쓸려 검과 마법의 이세계로 오게 된
현대 일본의 샐러리맨 무코다 츠요시(무코다).
무코다는 어찌어찌 왕성을 나와 여행을 떠나게 되었으나,
고유 스킬 '인터넷 슈퍼'로 가져온 상품과 무코다의 요리를 노리고
'전설의 마수'부터 '여신'에 이르기까지 터무니없는 녀석들이 모여들더니
사역마가 되거나 가호를 내려주는 것이었다.
난관이라 불리는 도시 브릭스트의 던전에
도전한 무코다 일행.
40계층에서 일단 지상으로 돌아와 잠시 쉰 후,
최하층으로 향하고자 다시 돌입하게 된다.
그리고 드디어 창조신 데미우르고스 님이 말씀하신
위험한 녀석과 조우하게 되는데……?

고유 스킬
『인터넷 슈퍼』
언제 어디서든 현대 일본
의 상품을 구입할 수 있는
무코다의 고유 스킬.
구입한 식재료에는 스테이
터스를 높이는 효과가 있다.

목 차

8 ✕ 　　　장
1 ✕ 　한　담
1 ✕ 　번　외

다음 ▶

우리 일행은 브릭스트 던전에 다시 들어갔다.

전이석으로 40계층으로 전이한 후, 이틀 동안 이동해 숲을 통과했다.

지난번보다는 빨리 이동했지만 그럼에도 적지 않은 숫자의 드롭 아이템이 손에 들어와서 다소 어이가 없었다.

그리고 또다시 즐라토로그와 맞닥뜨린 순간.

아직 즐라토로그와 싸운 적이 없는 드라 짱이 기다렸다는 듯이 뛰쳐나갔다.

드라 짱이 가볍게 얼음 마법을 날리자 즐라토로그는 "키에~에에에에에에엑!!" 하고 분노에 찬 절규를 내질렀다.

곧이어 머리 위에 자리한 두 개의 금색 뿔 사이에서 번개가 파직거렸다.

그런 상태로 즐라토로그는 그 뿔에서 번개 마법을 날리고자 드라 짱을 노려보며 조준했다.

하지만 그런 빈틈은 움직임이 잽싼 드라 짱에게 공격을 할 기회에 불과했던 모양이다.

거대한 즐라토로그는 드라 짱에게 절호의 표적이었으리라.

불 마법을 두른 드라 짱이 엄청난 속도로 두 번, 세 번 돌격하여 몸통에 바람구멍을 뚫자, 즐라토로그는 반격도 하지 못하고 쓰러졌다.

그리고…….

『모피랑 발굽이랑 마석이라. 고기나 내놓을 것이지, 쩨쩨하게.』

드롭 아이템을 본 드라 짱은 그런 소리를 했지만 그 모피는 일국의 임금님한테나 헌상할 만한 물건이거든?

우리는 어째서인지 세 장이나 갖고 있지만.

어쨌든 그런 물건이라 즐라토로그의 드롭 아이템은 당연히 회수했다.

『주인, 보라색 열매 맛있었으니까 따가자~.』

눈앞에 있는 키 작은 나무에 열린 싱그럽고 탱글탱글한 보라색 열매를 보고 스이가 그렇게 말했다.

역시 던전.

신기한 일이 한가득이다.

분명 며칠 전에 싹쓸이했던 보라색 열매, 바이올렛 베리가 이전에 왔을 때처럼 탐스럽게 열려 있었다.

"바이올렛 베리라. 그럴까, 그대로 먹어도 맛있으니 잔뜩 있어도 나쁠 건 없을 테니까. 좋아, 따가자. 페르랑 드라 짱도 도와줘."

『흐음, 귀찮기는 하지만 요전에 고기에 뿌렸던, 이것으로 만든 소스는 그럭저럭 맛있었으니. 내키지는 않지만 도와주마.』

『확실히 그건 맛있었어. 게다가 탱글탱글한 젤리라는 것에 뿌린 소스도 좋았고. 어쩔 수 없지, 나도 도와줄게.』

이전과 마찬가지로 페르는 보초를 맡고, 나와 드라 짱과 스이가 바이올렛 베리를 따기로 했다.

이러니저러니 해도 한 번 해봤던 작업이라.

즐라토로그가 다시 나타나기 전에 어찌어찌 작업을 마칠 수 있었다.

이번에도 이전처럼 싹쓸이를 할 기세로 커다란 마대 다섯 개 분량 정도를 수확했다.

그리고 드디어 41계층으로 향했다.

동굴을 따라 계단을 내려간다.

그런 끝에 우리 앞에 펼쳐진 것은…….

"숲 다음에 이렇게 나올 줄이야."

『후하하, 던전이란 거 정말 재미있네!』

『음. 이래서 자꾸 오게 된단 말이지.』

『우와~ 주인, 아무것도 없어~.』

우리 일행 앞에 펼쳐진 것은 서부극의 무대가 되어도 이상할 게 없을 만큼 끝없이 이어진 황야였다.

41계층의 황야를 거닌 지 이틀째 되는 날.

아무것도 없는 황야에서 하룻밤을 보낸 후, 우리 일행은 다시 황야를 나아갔다.

『그나저나 진짜로 아무것도 없네. 마물도 안 나오잖아~.』

황야를 질주하는 페르와 나란히 날던 드라 짱이 염화로 그렇게 투덜댔다.

나는 매번 그랬듯이 페르의 등에 올라탔고, 스이는 늘 그랬듯

어깨에 멘 가방 안에서 쿨쿨 자는 중이다.

『나왔었잖아.』

나는 투덜거리는 드라 짱에게 염화로 그렇게 대구하며 위쪽을 바라보았다.

어제, 41계층에 오자마자 포이즌 벌처라는 마물이 하늘에서 공격해 왔다.

날개까지 치면 길이가 3미터 정도는 될 듯한 대머리독수리 비슷한 마물이다.

깃털이 검보라색을 띠고 있는 데다 가까이 가면 위험하다는 게 본능적으로 느껴지는 보라색 안개 같은 걸 두르고 있었다.

페르가 말하길, 독 안개로 몸 전체를 감싸고 있다는 모양이다.

대머리독수리답게 썩은 고기를 먹는데, 포식 대상을 독으로 죽인 후 보관 장소로 옮겨 썩혀서 먹는다고 한다.

『저런 건 거리를 유지한 채 마법으로 떨어뜨리면 그만이잖아. 게다가 숫자가 너무 적어서 상대할 맛도 안 나고.』

『그런 식으로 보면 그럴지도 모르지만 말이야.』

포이즌 벌처는 개체 수 자체가 적은 것인지, 공격해 오는 녀석들의 숫자도 적었다.

『하지만 숫자가 적기에 잊어갈 즈음에 공격해 오니 긴장은 풀지 마라.』

그런 면이 포이즌 벌처의 짜증 나는 점이란 말이지.

『나도 안다니까. 그나저나 저 녀석들은 쓰러뜨려도 마석밖에 안 내놓네……. 이봐, 페르, 정말로 저것 이외의 마물은 없는 거야?』

『음. 내가 감지할 수 있는 범위에는 그렇군. 곳곳에서 저것의 낌새는 느껴지지만, 그 이외의 것은 전혀 없다.』

『감지할 수 있는 범위에는 없다니, 페르의 기척 감지로도 파악할 수 없을 만큼 이 계층은 광대한 거야?』

『분명 위층인 숲보다는 넓을 테지.』

『으아, 39계층의 숲도 40계층의 숲도 넌더리가 나도록 넓었는데, 이 층은 그것보다 넓다고⋯⋯?』

페르의 등 위에서 보이는, 끝없이 이어진 황야를 바라본 채 나는 무심결에 얼굴을 찌푸렸다.

『어쩌면 이 층은 그런 식으로 되어 있는 건지도 모르겠군.』

전방에 펼쳐진 황야를 험악한 눈으로 바라보며 페르가 그렇게 말했다.

『그런 식으로 되어 있다니?』

『이동 속도에 자신이 있는 우리조차도 아래층으로 내려가려면 시간이 한참 걸릴 거다. 그럼 평범한 모험가라면 어떨까?』

『앗⋯⋯ 자칫 잘못하면 2, 3개월은⋯⋯ 아니, 더 걸릴지도 모르겠네.』

『음. 게다가 이곳에는 물도 식량이 될 만한 것도 전혀 없지.』

페르의 말을 듣고서 생각해 보니 확실히 그랬다.

39계층과 40계층의 숲에는 샘터 같은 것도 있었고 가끔씩이나마 고기를 드롭하는 마물도 있었다.

까놓고 말해서 먹을 것을 현지 조달하는 것도 불가능하지는 않았지만 이곳, 41계층은 그렇지가 않다.

11

마물이라고는 독을 지니고 있는 데다 마석만 드롭하는 포이즌 벌처밖에 나타나지 않기 때문이다.

『애초에 식량이 충분하지 않으면 전진할 수 없다는 건가.』

심지어 이곳을 통과하는 데에도 시간이 걸릴 테니 식량도 그에 상응하는 양이 필요할 테고…….

『아무리 나아가도 아래층으로 가는 입구가 나오지 않는 데다 식량은 줄어만 가고……. 게다가 밤이 되면 얼어붙을 듯한 추위에 시달리게 되는 건가. 지옥이 따로 없네.』

이거 상당한 정신력이 아니고서는 중간에 마음이 꺾이겠는걸.

황야를 하염없이 거니는 것만 해도 정신적으로 괴로운 일이건만 해가 저물면 얼어붙을 듯한 추위가 덮쳐드니까.

어떤 원리인지는 모르겠지만, 이런 필드 던전 형식의 계층은 낮에는 밝고 밤에는 어두워진다.

하룻밤을 보내고 안 거지만, 이 계층은 밤에 무진장 춥다.

낮에는 딱히 춥거나 덥지 않은데, 밤이 되면 체감상 영하로 내려가는 것 같다.

예상치 못한 추위 때문에 어제 저녁에는 몸을 덥히기 위해 급히 김치 전골을 해 먹었고, 잘 때는 다 같이 모여서 한 이불을 덮고 잤을 정도다.

『아하, 정신적으로 슬금슬금 몰아붙이는 계층이라 이거지? 던전이라면 그럴 수도 있겠네.』

드라 짱의 그 말에 나는 고개를 끄덕였다.

『그러게. 악랄하기 그지없지만 던전이라면 있어도 이상할 게 없는 계층이야.』

잘 생각해 보면 이 계층은 정신적으로 구석에 몰리는 건 둘째 치고 아사할 가능성도 크니, 악랄하다는 말로 정리할 정도가 아닌 것 같지만 말이야.

『뭐, 식량 걱정과는 거리가 먼 우리에게는 이동이 귀찮을 뿐이지만 말이다.』

『하핫, 그건 그래.』

그런 말을 주고받는 페르와 드라 짱을 보고 쓴웃음을 지으며 나는 아이템 박스가 있어서 다행이다, 그리고 인터넷 슈퍼 스킬이 있어서 다행이다, 라고 진심으로 생각했다.

그로부터 6일 동안 황야를 나아갔을 즈음.

겨우 아래층으로 가는 동굴의 입구에 도착했다.

보통은 계층의 보스가 도사리고 있지만, 그곳에는 보스의 그림자 하나 보이지 않았다.

뭐, 이 계층은 마물과 싸우게 하기 보다는 정신적으로 궁지로 모는 계층이었으니까.

이럴 때도 있는 거겠지.

이 계층을 이동해온 시간들을 돌아보았다.

잊어갈 때 즈음 공격해 온 마물은 포이즌 벌처가 다였다.

중간에 드라 짱이 발견한 보물 상자에는 독가스 함정이 설치되어 있었다.

뭐, 그 사실은 감정 스킬 덕분에 알았으니 상관없었지만, 신중하게 열었더니 안에 든 게 금화 한 닢뿐이었더래서 낙담하지 않을 수 없었다.

황야가 끝없이 이어지자 다들 점점 말수가 줄어들기도 했다.

드디어 이 아무것도 없는 황야를 빠져나가는구나, 라고 생각하자 마음이 놓였다.

페르, 드라 짱, 스이도 어쩐지 기뻐 보였다.

"자아, 가자. 어서 이 계층을 벗어나자고."

『음.』

『그게 좋겠어.』

『주인, 다음에는 마물이 잔뜩 나올까아? 그랬음 좋겠어. 그럼 스이가 잔~뜩 해치울 거야~.』

"하하, 마물이 너무 많이 나와도 난감할 것 같지만 말이야."

그렇게 계단을 내려가 도착한 42계층에는…….

"에엑………………."

41계층과 같은 황야가 펼쳐져 있었다.

『크르르르르르르르.』

페르가 지긋지긋하다는 듯이 이를 드러낸 채 으르렁거렸다.

『하핫, 또야……?』

드라 짱이 메마른 목소리로 웃었다.

『피이~ 또 아무것도 없어.』

스이도 또다시 황야가 나오자 상당히 불만스러운 투로 투덜거렸다.

『한시라도 빨리 이곳을 벗어나야겠다. 타라.』

"갑자기 왜 그래."

『잔말 말고 타라.』

페르의 재촉에 못 이겨 나는 다시 페르의 등으로 기어 올라갔다.

『드라와 스이도 준비는 됐겠지?』

『당연하지. 내 비행 속도를 얕보지 말라고, 제대로 따라붙어 가 주겠어!』

『괜찮아~. 주인의 가방 안에 들어왔어~.』

"어, 어? 잠깐만 있어 봐, 뭘 하려고 그래?"

『좋아, 간다!』

"어, 잠깐…."

말릴 새도 없이 페르가 달려나가더니 단숨에 가속했다.

"Noooooooooo."

나의 비명 소리만이 황야에 허무하게 울려 퍼졌다.

"우, 우웨엑……."

페르의 등에서 허둥지둥 내려온 나는 바닥에 손을 짚자마자 그대로 구역질을 했다.

『이봐~ 괜찮은 거야?』

『주인, 괜찮아아?』

『나 참, 봐도 봐도 나약하구나, 너는.』

"젠장, 이, 이게 다 누구 때문인데……."

나는 최근 3일 동안 핼쑥해진 얼굴로 페르를 노려보았다.

『이 터무니없이 시시한 계층을 빨리 지나기 위한 일이니 어쩔 수 없지 않으냐.』

"나는 반대했는데……."

『그거야 뭐, 다수결로 정한 일이니 나를 탓하는 건 그야말로 번 지수를 잘못 찾은 거다.』

"큭……."

첫째 날에 아주 혼쭐이 난 나는 좀 더 천천히 나아가자고 제안 했지만 페르가 빨리 이 층을 벗어나야 한다고 완강하게 주장했다.

나는 드라 짱과 스이를 아군으로 끌어들여 페르를 설득하려 해 보았지만, 내 편을 들어줄 거라 생각했던 드라 짱과 스이가 이번 만큼은 페르의 의견에 찬성하고 말았다.

포이즌 벌처만 나오는 휑뎅그렁한 이 계층이 참을 수 없을 만 큼 심심했던 것이리라.

그런고로 페르의 주도 아래 우리 일행은 사흘 동안 강행군을 해 서 광대한 황야를 질주해 왔다.

기운이 넘치는 페르와 드라 짱, 스이와 대조적으로 페르에게 달라붙어 있는 게 고작이었던 나는 나날이 핼쑥해졌다.

다소 더러운 이야기를 하자면, 음식을 입에 대기만 해도 토할 것 같아서 최근 사흘 동안은 인터넷 슈퍼에서 산 영양 젤리만 먹 고 버텼다고.

페르 일행은 평소처럼 고기를 우걱우걱 먹어댔지만.

『어쩔 수 없지, 여기서 하룻밤 묵을까.』

"그래주면 고맙겠어."

내 체력이 한계에 달하기도 했고, 43계층으로 가는 동굴 앞에 도착한 게 해가 저물기 직전이라 우리 일행은 동굴 안에서 하룻밤을 보내기로 했다.

"우읍⋯⋯."

페르와 드라 짱과 스이는 만들어두었던 기간트 미노타우로스 고기로 만든 돈가스 샌드위치를 맛있게 우걱우걱 먹었다.

빈속에 먹기에는 부담스러울 음식을.

『음, 맛있군.』

『빵에 소스가 배어들어서 고기랑 끝내주게 잘 어울려.』

『맛있어~!』

그거 다행이네⋯⋯.

나는 먹지도 못하겠지만.

영양 젤리로 버텨온 내 위장은 못 받아들일 거야.

그런고로 나는 다른 메뉴로 저녁을 때우기로 했다.

일어날 기력도 없어서 땅바닥에 책상다리를 하고서 예전에 애용했던 가스버너를 눈앞에 꺼내놓았다.

얼마 만에 쓰는 건지 모르겠다.

간단하고 영양가 있고 자극적이지 않은 계란죽을 만들기로 했다.

질냄비에 물, 과립형 맛국물, 간장, 맛술, 소금을 넣고 끓어오를 때까지 기다리며 계란을 풀어둔다.

끓어오르면 밥을 넣고, 밥에 국물이 어느 정도 배어들면 계란물을 두른다.

계란물이 살짝 굳으면 뒤섞고, 끝으로 간을 하면 완성이다.

사실 다진 파나 김가루를 토핑으로 올리면 좋겠지만 오늘은 귀찮으니 생략하기로 했다.

갓 완성된 계란죽을 후우후우, 입김을 불어 식힌 후에 호로록 입에 넣었다.

"하아~ 뜨끈하다……."

무의식중에 그런 말이 입에서 새어 나왔다.

텅 빈 위장에 푸근한 맛의 계란죽이 스며든다.

다시 계란죽을 호로록 먹고 있자 콕콕, 허벅지를 찌르는 감촉이 느껴졌다.

응? 아래를 보니 스이가 촉수로 내 허벅지를 찌르고 있었다.

『있지있지 주인, 그거, 맛있어~?』

"뭐, 나한테는 맛있지. 스이도 먹어볼래?"

『응.』

수프 그릇에 조금 떠서 스이에게 나눠주었다.

스이가 곧장 맛을 봤다.

"어때?"

『으음~ 맛은 있지만, 스이는 고기가 더 좋달까~?』

"하하, 그렇게 말할 줄 알았어."

오늘은 특히나 위장에 부담이 가지 않도록 최대한 밥알이 퍼지도록 푹 끓인 데다 간도 약하게 했으니까.

『어이, 한 그릇 더 다오.』

『나도.』

페르와 드라 짱이 추가 음식을 주문했다.

"그래그래. 스이도 더 먹을 거지?"

『응, 먹을래~!』

기간트 미노타우로스가스 샌드위치를 배불리 먹은 페르와 드라 짱과 스이, 그리고 오랜만에 제대로 된 밥을 먹은 나는 그 후 죽은 듯이 잠들었다.

"조금만 더 내려가면 43계층이네."

『음. 아무리 그래도 아무것도 없는 황야는 아닐 테지. 만약 그렇다면…… 온후한 성품을 타고난 나라도 화가 날 거다.』

"뭐? 페르가 온후하다니, 진심으로 하는 소리야?"

『그게 무슨 소리냐. 무례한 녀석 같으니. 나는 충분히 온후하지 않으냐.』

"아니아니아니, 일국을 멸망시켰다는 걸 비롯해서 온갖 전설이 다 있잖아. 게다가 흉포한 마물도 마구 사냥하고 다니면서."

『그거랑 이건 별개의 이야기다.』

"뭐가 별개란 거야~."

그런 소리를 주고받는 나와 페르 사이에, 우리의 전방에서 날고 있던 드라 짱이 끼어들었다.

『자자자, 그런 대화는 이제 슬슬 끝내. 얼른 가보자고.』

『다들 느려~. 스이 먼저 가버릴 거야~.』

페르의 등에 타고 있던 스이가 통~ 하고 페르의 머리를 뛰어넘어 착지했다.

43계층에 가장 먼저 발을 디딘 건 스이였다.

스이를 따라 우리도 43계층에 내려섰다.

"이렇게 나오겠다 이거지……?"

『주인, 모래가 잔뜩 있어~.』

『사막이란 거지? 드랭 던전에도 있었잖아.』

눈앞에 펼쳐진, 어딜 봐도 모래뿐인 광대한 사막 앞에서 우리는 그런 감상을 주고받았다.

그리고 그런 우리와 다른 감상을 품은 이가 약 한 명 있었다.

『크큭…… 후하하하하하하핫. 기뻐해라, 드라, 스이. 이곳에는 있다, 우리가 사냥할 마물들이 산더미처럼 말이다!』

『정말로?! 야호~! 이번 층은 지루하지 않을 것 같네!』

『마물이 많아? 아싸~! 스이가 풋풋해서 잔뜩 쓰러뜨릴래~!』

아니아니 이봐, 마물이 잔뜩 있다는데 왜들 그렇게 신이 난 거야?

『어이, 벌써 나타났다.』

페르의 그 말을 듣고 화들짝 놀라 페르가 바라보는 방향을 보자, 검붉은 점이 이쪽을 향해 밀려들고 있었다.

"뭔가 본 적이 있는 것 같은데……."

『샌드 스콜피온의 무리다.』

"맞아, 그거였어!"

드랭 던전에도 있었던 몸길이가 1미터 정도 되는 검붉은 전갈
이다.

"저게 샌드 스콜피온의 무리라면……."

『당연히 그 녀석도 있다. 저기다!』

촤악──.

페르가 모래를 쓸어 올리며 발톱 참격을 날렸다.

30미터 정도 떨어진 모래 속에서 무지막지하게 큰 전갈, 자이
언트 샌드 스콜피온이 두 동강 나서 이미 숨을 거둔 상태로 모습
을 드러냈다.

무리의 우두머리인 자이언트 샌드 스콜피온이 없어지자 샌드
스콜피온은 뿔뿔이 흩어져 도망치려 했다.

하지만 그들을 놓치지 않으려 하는 자들이 있었다.

『큰 놈을 페르한테 빼앗겼는데 너희까지 놓칠 것 같아?!』

『기다려~! 에잇, 에잇.』

드라 짱의 얼음 마법과 스이의 산탄(酸彈)에 샌드 스콜피온이 퍽
퍽 쓰러져갔다.

『아~ 도망쳤어~.』

스이가 촉수로 가리킨 곳에서는 검붉은 작은 점이 쏜살처럼 멀
어지고 있었다.

『스이여, 낙담하지 마라. 사냥감은 아직 잔뜩 남아 있으니.』

『그래, 맞아. 다음에 잡으면 돼.』

『응.』

아니, 마물이 잔뜩 있다는 말이 위로가 되다니, 이상하잖아.

"뭐, 뭐어 그쪽은 내버려 두고 드롭 아이템을 모으는 거나 도와줘."

43계층에 도착하자마자 우리는 모래 위에 어지럽게 널린 드롭 아이템을 주워 모았다.

그러고서 더위를 피하기 위해 페르에게 결계를 쳐달라고 한 후, 우리 일행은 사막을 나아갔다.

도중에 페르의 말대로 계속해서 마물들과 맞닥뜨렸다.

처음에 나왔던 샌드 스콜피온을 비롯해서 톱니처럼 생긴 이빨을 지닌 거대 지렁이 같은 샌드웜. 몸길이가 3미터는 될 듯한 데다 방울뱀과 비슷하게 생긴 데스 샌드 와인더, 그리고 모래로 된 골렘인 샌드 골렘까지.

사막이라는 특수한 환경 때문인지 나오는 마물들이 드랭 던전의 사막 계층에서 봤던 마물과 거의 같았다.

사막 특유의 마물들이 차례로 우리 일행 앞에 나타났다.

아니, 앞으로 나아가면서 페르가 스스로 마물이 있는 곳으로 우리를 이끌고 있는 듯한 느낌이 든다.

페르와 드라 짱과 스이는 아무것도 없던 41, 42계층 때문에 상당히 울분이 쌓여 있었는지, 마물을 발견하는 족족 공격을 퍼부어 댔다.

인정사정없는 싸움이라고 표현하기도 껄끄러운 일방적인 공격에 살짝 식겁했을 정도다.

하지만 모두의 마음이 이해가 되기도 해서 나도 딱히 말리지 않았다.

이전에 인터넷 슈퍼에서 사둔 후드 달린 자외선 차단 외투를 입고 드롭 아이템 회수에나 전념했다.

그리고 의기양양하게 마물을 쓰러뜨리며 나아가던 우리 일행 앞에 멀리서 봐도 거대하다는 걸 알 수 있는 짙은 갈색의 둥그런 돌 같은 것이 모습을 나타냈다.

"응? 뭐야. 저게⋯⋯⋯⋯. 가만, 저거, 움직이지 않았어?"

『움직이고 있다. 저것도 마물이니까.』

"마물이라니, 저 둥그런 게?"

『아니. 그 뒤다.』

"뒤?"

그렇게 의아해하던 중, 짙은 갈색의 둥그런 돌 같은 것에 올라타듯 검은 무언가가 고개를 빼꼼 내밀었다.

"으응?"

아직 멀리 떨어져 있는 그 마물을 물끄러미 쳐다보았다.

"⋯⋯으엑, 저건 쇠똥구리잖아아아아."

언젠가 보았던 사막에 있는 생물 특집 다큐멘터리.

거기 나왔던 쇠똥구리랑 똑같았다.

『멍청한 것. 네가 큰 소리를 내서 알아채지 않았느냐.』

페르의 말을 듣고 허둥지둥 입을 막았지만 이미 늦은 뒤였다.

거대 쇠똥구리가 똥구슬을 굴리며 맹렬한 기세로 이쪽을 향해 오고 있었다.

"끄아악~! 온다, 오고 있다고!"

닥쳐드는 거대 쇠똥구리의 모습에 나는 사색이 되었다.

『너무 소란 떨지 말라고. 알아채든 말든 할 일은 똑같으니까. 안 그래, 페르?』

『뭐, 드라의 말이 맞다.』

『주인, 스이가 쓰러뜨릴 테니까 괜찮아!』

"왜 그렇게 태평한 거야! 아~ 온다, 와, 에비, 더러워, 아~ 누구든 좋으니까 빨리 좀 쓰러뜨려 줘어어어어!"

『누구든 좋다면 내가 해치워 주겠어!』

드라 짱이 그렇게 말하더니 거대 쇠똥구리를 향해 직경이 2미터는 될 듯한 불덩이(파이어 볼)를 날렸다.

내가 날리는 파이어 볼과는 비교할 엄두도 나지 않는 물건이었다.

『아~ 드라 짱 치사해~. 스이도 해치우고 싶었는데~.』

『스이여, 사냥감은 그것 말고도 많으니 초조해하지 마라.』

『페르 아저씨, 정말이야~? 그럼 다음은 스이 차례야!』

『하하, 알았어, 알았어.』

페르와 스이가 그런 대화를 나누는 동안, 드라 짱이 날린 파이어 볼이 거대 쇠똥구리에게 직격.

똥구슬과 함께 산산이 부서졌다.

그야말로 '지저분한 불꽃놀이*'라는 표현이 걸맞은 광경이었다.

"으에엑……."

---

* 본래는 〈드래곤볼〉에서 베지터가 내뱉었던 대사.

『헤헤, 맛이 어떠냐.』

아니, 맛이 어떠냐고 한들…….

『어이, 드롭 아이템은 어쩔까? 주워 올까?』

드라 짱이 그렇게 물었지만 나는 경직된 얼굴로 "아니, 됐어"라고만 대답했다.

감정해 보니 저 거대 쇠똥구리는 타일런트 쇠똥구리라는 이름의 A랭크 마물이었으니 적어도 마석은 떨어뜨렸을 거다.

하지만 원판이 쇠똥구리인 데다, 지저분하게 똥과 함께 폭발해 버렸잖아.

드라 짱의 파이어 볼로 소독은 됐겠지만 너무 더러우니 됐어.

그런고로 우리 일행은 그대로 전진하기로 했다.

그러는 도중에도 사막 특유의 마물들이 차례로 나타났지만 페르와 드라 짱과 스이 트리오가 일망타진했다.

특히 스이가 잔뜩 신이 나서 쓰러뜨려 나갔지.

그런 식으로 마물을 쓰러뜨리고 드롭 아이템도 적당히 회수하며 끝없이 이어져 있을 듯한 광대한 사막 지대를 다시 전진했다.

그리고 새로운 마물과 조우했다.

마침 모래 속에서 튀어나온 샌드웜을 스이가 커다란 산탄으로 처리한 참이었다.

샌드웜이 사라지고 모래 위에 남은 마석을 줍고서 문득 앞을 쳐다보자…….

"있잖아, 내 눈이 이상해진 거야? 저기, 상당히 거리가 떨어져 있는데도 낙타처럼 생긴 게 또렷하게 보이는 것 같은데……."

너무 더운 날씨 때문에 환각이라도 보는 걸까, 싶어서 눈을 비볐다.

그러고서 몇 번인가 눈을 깜박인 후 다시 앞을 보았지만, 그래도 그곳에는 두 개의 혹이 특징적인 낙타가 있었다.

『네 눈이 이상해진 게 아니다. 저게 거대한 것뿐이지.』

페르의 말에 따르면 저 낙타는 마물로 크기만으로 치면 에인션트 드래곤(고룡)에 필적할 만큼 거대하다고 한다.

이렇게나 멀리 떨어져 있는데 저만큼 또렷하게 보일 정도니 엄청나게 거대한 거겠지.

『마물~ 스이가 쓰러뜨릴래~!』

마물이라는 말을 듣더니 스이가 통통 튀어 오르며 의욕을 내비쳤다.

『스이, 저건 안 쓰러뜨려도 된다. 내버려 둬라.』

페르가 살짝 복잡한 얼굴로 그렇게 답했다.

『왜애~?』

『저것의 고기는 말이다, 오랜 세월을 살아온 내 기억에서도 유독 기억에 남을 만큼 맛이 없거든…….』

저 낙타의 고기 맛이 기억났는지 페르가 콧등을 잔뜩 찌푸렸다.

『하핫, 페르가 그런 표정을 지을 정도면 엄청나게 맛이 없었나 보네.』

『음. 두 번 다신 먹고 싶지 않다.』

『하지만 말이야, 이곳은 던전이고 저 거대한 게 그대로 다 손에 들어오는 건 아니잖아. 드롭 아이템 중에 고기가 있을지 어떨지

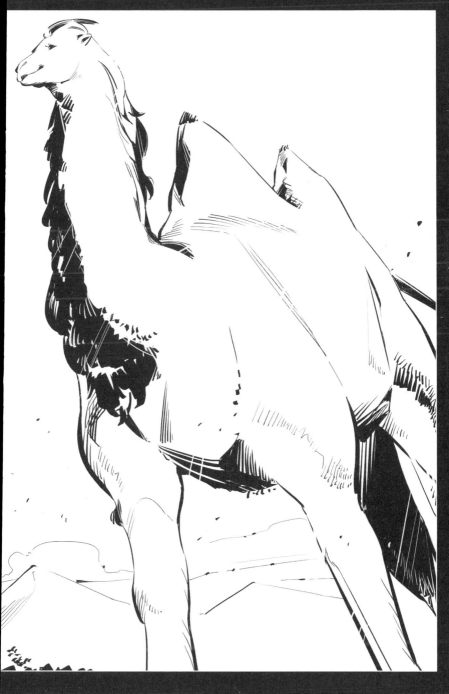

도 모를 일이고.』

드라 짱의 말이 맞다.

던전이니 드롭 아이템이라는 모양새로 손에 들어올 거다.

뭐, 페르가 두 번 다시 먹고 싶지 않다고 할 정도로 맛대가리 없는 거대 고깃덩이가 나오면 그건 그것대로 난감하겠지만.

『저걸 쓰러뜨려도 가치가 있을 듯한 건 마석 정도뿐이다. 그런데도 가겠다면 막지는 않겠다만.』

페르가 그렇게 말하기에 확인을 위해 낙타를 감정해 보았다.

레벨이 오른 덕분에 감정 결과도 상당히 자세히 뜨게 되었다.

【산낙타】

A랭크 마물. 그 이름대로 산처럼 거대하며 육지에 사는 마물들 중에서도 열 손가락 안에 들 정도의 크기를 자랑한다. 지극히 온후한 성격을 지녔지만 거대한 몸집 때문에 발치를 제대로 보지 못해, 의도치 않게 근처에 있던 생물을 짓밟는 일도 많다. 고기는 먹어도 문제가 없지만 잡내가 심해서 식용에는 적합하지 않다. 가죽은 가죽 갑옷의 소재로 쓰기에는 강도가 약하고, 가죽 제품으로 만들기에는 냄새가 심해서 적합지 않다.

흐음흠.

페르의 말이 맞을지도 모르겠는걸.

고기도 식용으로는 적합하지 않고 가죽도 못 써먹는다고 한다.

A랭크 마물이니 마석은 있겠지만 그보다는 '지극히 온후한 성

격을 지녔지만 거대한 몸집 때문에 발치를 제대로 보지 못해 의도치 않게 근처에 있던 생물을 짓밟는 일도 많다'는 한 문장에 눈길이 갔다.

실수로 짓밟는 일이 많다니, 뭐야 그게.

절대로 가까이 가고 싶지 않아.

그런고로 산낙타는 사냥하지 않기로 했다.

감정해본 결과, 페르가 말한 대로 산낙타를 쓰러뜨려 봐야 얻을 수 있는 건 마석 정도뿐이었다는 말로 드라 짱과 스이를 설득한 후, 우리 일행은 사막 한복판을 계속해서 전진했다.

트리오가 울분을 풀 듯 마물을 마구 사냥하며 사막을 떠돈 지도 어언 닷새.

드디어 이곳, 43계층의 보스 앞에 도착했다.

44계층으로 이어진 계단이 있을, 돌을 쌓아 만든 네모반듯한 건물. 그것을 몸으로 휘감은 듯한 모양새로 칠흑빛 뱀이 똬리를 틀고 있었다.

곧장 감정해 봤다.

【아펩】

S랭크 마물. 사막 지대에 있는 도시에서는 죽음의 사도로 알려져 두려움의 대상이 되고 있다. 지극히 강력한 독을 지녔으며 마

주친 자를 머리카락 한 올 남기지 않고 이 세상에서 소멸시킨다
고 일컬어진다.

　으음~ 감정 결과가 엄청 위험해 보이는데요.

　게다가…….

　"우릴 알아챈 것 같은데, 저거…….“

　『당연하다. 이곳에는 숨을 수 있는 장소가 없으니 말이야.』

　『덤빌 테면 덤벼라, 이건가?』

　『스이가 해치워버릴 거야~!』

　우리가 그런 대화를 나누고 있자 칠흑빛 거대 뱀, 아펩이 갑자
기 목도리도마뱀처럼 옷깃처럼 생긴 피부를 펼치고 커다란 입을
벌려 어금니를 내보이며 "샤아~" 하고 우리를 위협했다.

　『이런, 내 옆에서 떨어지지 마라!』

　페르가 초조한 목소리로 외쳤다.

　"가, 갑자기 왜 그래?"

　『저 녀석과는 꽤 오래전에 싸워본 적이 있는데……. 강력한 독
을 지녔다.』

　페르의 말에 따르면 페르가 닌릴 님에게 가호를 받기 전, 심지
어 결계 마법도 지금처럼 강력하지 않았을 때 아펩과 맞닥뜨려
싸웠는데, 이기기는 했지만 상당히 고전을 했다는 모양이다.

　아펩은 저 모습으로 독을 방출하는데, 그 독을 맞은 자는 그대
로 무너져 내린다고 한다.

　무너져 내린다는 게 무슨 뜻이냐고 묻자, 당시 페르가 싸웠던

장소도 이런 느낌의 사막 지대였다고 했다. 그리고 주변에 사막 특유의 식물(뾰족뾰족한 식물이라고 했으니 선인장 같은 거겠지)이 조금 자라 있었는데, 그게 저 뱀의 독을 맞은 순간 모래처럼 무너져 내렸다는 모양이다.

"모래처럼 무너져 내린다니, 뭐야, 그게……. 아니, 그보다 그게 독이라고? 독 맞아? 잘은 모르겠지만 하난 확실하네. 너, 진짜 살아있는 게 용하다……."

페르의 말을 듣자 무의식중에 그런 말이 새어 나왔다.

『흥, 나를 얕보지 마라. 순간적으로 위험을 감지하고 거리를 벌린 거다.』

페르는 그렇게 말했지만 이세계의 독은 진짜 무시무시하네.

그리고 아펨에게서 거리를 벌린 페르는 원거리에서 마법 공격을 날리는 전술로 전환했다는데, 그때는 어리기도 해서 위력도 정확도도 지금에 한참 미치지 못해 몇 방이나 마법을 쏴야 했다고 한다.

『뭐, 닌릴 님의 가호가 있는 지금이라면 독을 맞아도 죽지는 않겠지만 말이지. 신의 가호를 받은 너희도 마찬가지고.』

"그럼 페르도 그렇게 초조해할 필요가 없지 않아?"

그렇게 말하기는 했지만, 페르의 말에 따르면 상당히 강한 독 같으니 나로서는 페르가 결계까지 쳐주는 편이 안심이 될 것 같지만 말이야.

『저걸 맞았을 때 어떻게 될지를 알고 있으니, 만약을 위한 조치다. 게다가 우리는 괜찮겠지만 내 결계가 없으면 너는 손해를 입을 거다.』

"손해? 나만?"

『음. 네가 입고 있는 옷이며 소지품을 못 쓰게 될 테니 말이다.』

"아……."

페르의 말을 듣고서야 그렇구나, 싶었다.

신의 가호 덕분에 나 자신이 죽을 일은 없겠지만 가호가 옷이나 가방 같은 소지품까지 지켜주지는 않는다.

독을 맞으면 옷이나 가방이 부스스 허물어질 거란 뜻인가.

던전 안에 있는 사막에서 알몸이 될지도 모르다니, 벌칙 게임도 아니고…….

"페르, 덕분에 살았어. 정말 고마워."

『그렇게 나와야지. 감사의 표시로 오늘 저녁밥은 호화롭게 차리거라.』

"아니, 그건 좀."

그런 대화를 나누는 나와 페르 사이에 작은 물체 둘이 끼어들었다.

『어~이, 수다는 그만 떨고 빨리 싸우자고!』

『주인, 스이 빨리 싸우고 싶어~!』

드라 짱과 스이는 척 봐도 강적일 것 같은 아펩과 싸우고 싶어서 아주 안달이 난 듯했다.

『페르의 이야기에 따르면, 저 녀석의 독은 신의 가호가 있는 우리한테는 안 먹히는 거잖아? 그럼 얼른 가자고!』

"뭐, 그건 그렇겠지만 저 마물, 아펩이라고 하는 엄청 강한 녀석 같은데 다 같이 싸우는 게 좋지 않을까.”

『싸워도 돼~? 그럼 스이가 갈래~!』

그렇게 말하며 스이가 뛰쳐나갔다.

『아~! 치사하게 새치기할래, 스이?!』

그렇게 말하며 드라 짱이 허둥지둥 스이의 뒤를 쫓았다.

“앗, 스이도 드라 짱도 다 같이 싸우라니까, 다 같이~!”

소리를 쳐도 내 말은 들은 척도 않고 드라 짱과 스이는 아펩에게 달려가고 말았다.

“페르~.”

『한심한 목소리로 부르지 마라. 드라도 스이도 강하니까. 그리 쉽게 당할 리가 없지 않으냐.』

“그럴지도 모르지만~.”

『자, 봐라. 벌써 끝났다.』

페르가 그렇게 말하기에 아펩이 있는 방향을 보자…….

드라 짱의 특대 파이어 볼과 스이의 산탄을 맞고 머리가 흔적도 없이 사라진 아펩의 모습이 눈에 들어왔다.

머리를 잃은 몸통이 모래 먼지를 일으키며 힘없이 사막에 쓰러졌다.

“에엑…….”

『그러게 몇 번이나 말하지 않았느냐, 드라와 스이는 강하다고.』

“아니, 그건 알아. 알긴 하지만…….”

이렇게 위험해 보이는 마물도 저 둘이서 쓰러뜨릴 수 있다니…….

드라 짱과 스이에게 다가가자 아펩을 쓰러뜨렸다는 사실에 둘은 매우 들떠 있었다.

『헤헷~ 맛이 어떠냐!』

『와아~ 와아~ 쓰러뜨렸어~!』

"하하, 쓰러뜨려 버렸네……."

허탈한 웃음소리밖에 안 나오네.

『이 마물은 페르도 고전했던 녀석이지?』

『끙, 어렸을 적의 이야기다.』

『그래도 고전했던 건 사실이잖아. 그 마물을 나랑 스이가 순식간에 죽였어. 핫하~ 우리도 꽤 강해졌네, 스이~.』

『응. 스이는 강하다구~!』

『끄으으으으으응, 고전했던 건 정말 진짜로 어렸을 적의 일이건만.』

"자자, 진정하라고."

『흥, 어서 다음으로 넘어가자!』

페르가 그렇게 말하며 돌로 된 건물 안으로 들어갔다.

"아~ 진짜, 그렇게 삐치지 말라니까~. 드라 짱, 스이, 가자."

앞서간 페르를 쫓아서 우리도 건물 안으로 들어갔다.

참고로 아펩의 드롭 아이템은 마석과 가죽, 그리고 무진장 위험한 게 병에 들어 있는지, 가끔씩 부글부글 거품이 오르고 있는 거무죽죽한 독액이었다.

왜 병은 안 녹는 걸까 싶었지만 신기한 일로 가득한 던전산이라 그런 것으로 치고, 두 번 다시 볼 일이 없을 물건일 거라 생각하며 조심스럽게 아이템 박스에 집어넣었다.

"우으~ 추워."

저녁 준비를 하며 굳어진 손에 입김을 불어 녹였다.

44계층.

이곳도 사막이었다.

그러지 않을까 싶기는 했지만.

좌우간 요즘 들어 같은 환경의 계층이 2계층씩 이어지고 있으니까.

그나저나 숲에 황야에 사막이라.

어이가 없을 정도로 가혹한 환경을 연달아 이렇게 펼쳐놓다니, 뭐 이렇게 심술궂은 던전이 다 있담.

게다가 모든 계층이 쓸데없이 넓기도 하고.

그런 생각을 하며 몸을 옥죄는 추위를 견디고자 손을 비볐다.

황야였던 41계층과 42계층도 그랬지만, 사막인 43계층과 이곳 44계층도 밤이 되면 엄청나게 기온이 내려가서 추웠다.

특히 사막은 낮과 밤의 기온 차가 너무 커서 그것만으로도 체력이 빠져나갔다.

페르의 결계 덕분에 그 기온 차도 견딜 만해서 다행히도 몸 상태가 안 좋아질 정도는 아니었지만, 그래도 추운 건 추운 거다.

유독 추위에 약한 드라 짱은 몸을 덥히기 위해 일찌감치 꺼내 둔 이불 안에 들어가 저녁 시간까지 나오지 않을 정도였다.

"우으, 뭔가 오늘은 유달리 춥네…… 이렇게 날이 추우니 오뎅 같은 게 먹고 싶은걸……."

그렇게 혼잣말을 하고 나자 더더욱 오뎅이 먹고 싶어졌다.

오늘은 미리 해두었던 미노타우로스 고기로 만든 소고기 덮밥을 먹으려고 했는데…….

에에잇, 참지 말고 오뎅도 추가해야지.

하지만 페르 일행은 메인으로 소고기 덮밥을 먹고 오뎅은 반찬 정도로만 먹을 거다.

오뎅에는 고기가 안 들어가니까.

뭐, 페르 일행을 위해 조금 넣기야 하겠지만.

그런고로 곧장 인터넷 슈퍼를 띄웠다.

"어디 보자…… 찾았다!"

데우기만 하면 되는 팩 오뎅.

만들어져 있는 제품이지만 맛도 상당하다.

오뎅은 직접 만들려면 손도 많이 가고 시간도 꽤 걸린다.

그 때문에 혼자 살았던 나로서는 만들고 싶어도 좀처럼 손을 댈 수 없었던 요리다.

하지만 이거라면 데우기만 해도 오뎅을 즐길 수 있어서 겨울 내내 꽤나 신세를 지고는 했었다.

소비 기한도 길고 간편하기도 해서 겨울에는 늘 비축분으로 한 봉지를 사두었을 정도였지.

그 오뎅에 추가할 소시지도 구입했다.

처음에는 오뎅에 왠 소시지? 라고 생각했지만 막상 넣어보니 제법 맛있었다.

　팩 오뎅과 소시지를 구입해서 오뎅을 약불로 데우는 동안 소시지를 준비한다.

　소시지에 비스듬하게 칼집을 내서 1분 정도 가볍게 삶아 기름기를 뺀 후, 오뎅에 투입.

　"좋아, 다 데워졌네."

　오랜만에 뜨끈뜨끈한 오뎅을 보자 가슴이 설렜다.

　『그건 뭐냐?』

　『맛있는 냄새가 나는데.』

　『좋은 냄새~.』

　오뎅 냄새에 이끌려 페르와 스이, 그리고 드라 짱까지 이불에서 나와 모여들었다.

　"이건 오뎅이라고 해. 하지만 이건 고기만 들어 있지는 않으니까, 너희가 먹을 메인 요리는…… 자, 미노타우로스 고기로 만든 소고기 덮밥. 여기 있는 오뎅은 반찬이야. 추우니까 따끈한 게 좋지 않을까 싶었거든."

　모두의 앞에 소고기 덮밥과 오뎅을 담은 그릇을 내밀어 주었다.

　『음, 맛있군. 이 소고기 덮밥이라는 것은 다른 고기로도 먹었지만 이 고기로 한 게 제일 맛있는 것 같다.』

　『그런가아? 분명 이것도 맛있지만, 와이번 고기로 만든 것도 맛있었잖아.』

　『흐음, 듣고 보니 그것도 그렇군…….』

　『주인이 만든 건 전부 다 맜있어~.』

"하하, 고마워. 오뎅도 맛있고 몸도 따뜻해지니까 먹어 봐."

내가 그렇게 말하자 페르와 드라 짱과 스이는 오뎅에 입을 대었다.

『호오. 이거 확실히 몸이 따뜻해지는군. 고기가 적다는 게 흠이기는 하다만.』

『그러게. 몸이 따끈따끈해진다고 해야 할지, 온몸에 기력이 차오르는 느낌이야.』

응?

온몸에 기력이 차오른다고?

『따끈따끈~.』

그렇게 말하며 몸을 푸들푸들 떠는 스이를 보고 나는 더더욱 의아해져서 "으응?" 하고 고개를 갸웃했다.

············아.

오뎅은, 그 자체가 인터넷 슈퍼에서 산 이세계의 음식이지.

감정해 보니······.

【오뎅】

이세계의 식재료로 만들어진 오뎅. 체력, 마력을 20분 동안 대략 12% 향상시킨다.

아차······.

뭐, 뭐어, 지속 시간이 20분이면 어떻게든 되겠지.

이 이상 못 먹게만 하면.

"저, 저기, 소고기 덮밥 더 먹을래? 오뎅보다는 역시 고기를 듬뿍 먹을 수 있는 소고기 덮밥이 좋잖아."

『음, 그렇기는 하지. 하지만 네가 추가 음식을 권하다니, 수상쩍군.』

그렇게 말하며 페르가 의심의 눈초리를 보내오기에 가슴이 철렁했다.

"무, 무슨 소릴 하는 거야. 고기를 좋아하는 너희한테는 아무래도 소고기 덮밥 쪽이 낫지 않을까 싶었던 것뿐이라고."

나는 애써 태연한 척을 하며 그렇게 대꾸했다.

『흐음, 뭐 됐다. 소고기 덮밥을 한 그릇 더 다오.』

『나도 소고기 덮밥 한 그릇 더. 오뎅이라는 것도 나쁘지 않지만 역시 고기가 더 맛있어.』

『스이도 소고기 덮밥 한 그릇 더~.』

모두의 소고기 덮밥 추가 주문을 듣고 안도의 한숨을 내쉬었다.

"그럼, 나도 먹어볼까."

내 메뉴는 메인 요리이자 반찬인 오뎅이다.

애들처럼 소고기 덮밥에 오뎅을 먹기에는 위장에 부담이 많이 갈 것 같으니까.

메인 요리인 오뎅에 반찬으로는 배추절임, 거기에 쌀밥이다.

배추절임은 미리 만들어두었다.

시판되고 있는 액체형 절임 소스를 써서 절인 것이다.

거의 내 전용이기는 하지만 오이와 배추절임은 아침 식사나 입가심용으로 자주 먹고 있다.

오뎅에 넣은 무에 맛이 잘 배서 맛있다.

계란은 말할 것도 없고.

나는 오랜만에 산 오뎅을 느긋하게 맛보았다.

그리고 국물을 꿀꺽.

"후~ 따뜻하다~."

아삭아삭 배추절임을 먹은 후, 쌀밥을 욱여넣는다.

오뎅에 넣은 소시지에 손을 대려다가 문득 뭔가가 부족하다는 생각이 들어서 잠시 멈추고 아이템 박스를 뒤졌다.

"역시 소시지에는 이거지."

홀그레인 머스터드 소스를 꺼냈다.

나는 오뎅에 겨자를 찍지 않는 파(派)지만, 소시지를 먹을 땐 홀그레인 머스터드가 필수라고 생각한다.

그런고로 홀그레인 머스터드를 묻혀서 소시지를 덥석.

"맛있어."

소시지를 씹으며 다소 많이 데우고 만 오뎅을 어쩔까 생각했다.

나 혼자 먹어치우는 수밖에 없겠지만 아이템 박스에 넣어두면 상할 일도 없을 테고, 언제든 다시 오뎅을 즐길 수 있으니 상관없으려나.

다음엔 지상에서 맥주와 함께 느긋하게 오뎅을 즐길 수 있으면 좋겠다.

마물들을 쓰러뜨리며 사흘 동안 사막을 나아간 끝에, 드디어 보스 앞에 도달했다.

"황야였던 41계층, 42계층만큼은 아니지만, 이전 계층이랑 이번 계층의 사막도 꽤 넓었네."

『음. 우리의 이동 속도로도 며칠이나 걸리는 계층이 이렇게나 연달아 나온다면, 평범한 모험가들이 이 던전을 답파하기란 거의 불가능할 테지.』

"그건 그래."

대부분이 황야 계층에서 마음이 꺾이지 않을까. 아니, 그 전에 몸이 먼저 나가떨어질 것 같다.

좌우간 단단히 준비가 된 상태인 데다 페르, 드라 짱, 스이가 있는 우리 일행조차도 여기까지 오는 데 2주 남짓이 걸렸으니까.

빌렸던 저택의 계약을 해약하고 오길 잘했네.

2주 계약으로 빌렸던 집이지만 저번에 던전에서 지상으로 돌아갔을 때 기한이 다 되어서 1주 연장했더랬다.

그 계약 도중이기는 했지만 40계층 아래로 내려가기에 앞서, 던전의 특성상 아래층으로 갈수록 난도가 높아지는 것은 당연한 일인지라 지난번보다 일찍 돌아오지는 못할 거란 생각에 일단 해약하고 왔던 것이다.

상인 길드에서는 중도 해약해도 요금은 반환되지 않는다고 하더니 "무코다 님이라면 이대로 연장했다가 던전에서 돌아오신 뒤에 정산하셔도 상관없습니다"라는 말도 덧붙였지만.

그렇게 되면 결국 우리가 사용하지 않은 동안의 요금까지 내야

하잖아.

언제 돌아올지 모를 일이기도 하고, 그럴 바에는 차라리 해약하는 게 낫겠다 싶어서 그렇게 했다.

던전에서 돌아왔을 때 빌릴 집을 찾는 게 귀찮기야 하겠지만, 뭐 여차하면 트리스탄 씨에게 부탁해서 모험가 길드의 훈련장이라도 빌리면 되겠지.

아무튼 그런 건 둘째 치고 전방에 있는 이곳, 44계층의 보스 말인데…….

43계층과 마찬가지로 돌을 쌓아 만든 네모난 건물을 지키듯이 한 마리의 마물이 어슬렁대고 있었다.

"저거, 무진장 강해 보이는데……."

악어의 머리에 사자의 상반신, 하반신은 털이 없고 어째 하마처럼 생겼다.

다소 떨어져 있는 이곳에서도 잘 보이는 걸 보면 이 마물도 늘 그랬듯이 엄청 큰 거겠지.

『저 마물은 나도 처음 보는군. 후하하, 이래서 던전은 재미있다니까.』

페르가 처음 보는 마물을 보고 잔뜩 들떠버렸는뎁쇼.

『나도 처음 봤어. 뭐, 사막의 마물을 볼 기회가 그리 흔치는 않으니까.』

이래 봬도 100살을 넘은 드라 짱도 처음 보는 마물이라는 모양이다.

『저것도 강해 보이지만, 스이가 훨씬 세!』

강해 보이는 보스를 보고 스이도 의욕을 불사르고 있다.

저걸 보고 의지를 불사르는 스이가 나는 살짝 걱정이거든?

아니, 그도 그렇지만 지금은 페르도 드라 짱도 모른다는 저 보스가 더 신경 쓰였다.

일단 감정해 보기로 했다.

【암미트】

사막에 사는 S랭크 마물. 식욕이 왕성하며 몹시 사납다. 사막 지대에 사는 사람들에게는 '탐욕스럽게 먹는 자'로서 두려움의 대상이 되었으며, 마주치는 그 날이 인생 마지막 날이라 일컬어진다.

하하하…….

허탈한 웃음소리밖에 안 나오네.

43계층의 보스였던 아펩에 이어 44계층 보스인 암미트란 녀석도 설명이 너무 흉악하잖아.

식욕이 왕성하며 몹시 사납다?

탐욕스럽게 먹는 자?

마주치는 그 날이 인생 마지막 날?

이런 게 어딨어, 절대로 마주치면 안 되는 마물이잖아.

어째서 이런 게 연달아 나오는 건데, 이 던전은.

"이, 이봐, 어쩔 거야? 저 마물, 암미트라고 한다는데 식욕이 왕성하고 몹시 사납대. 게다가 마주치는 그 날이 인생 마지막 날이라는데?"

『마주치면 그대로 끝장이라고? 흥, 재미있는 소릴 하는군. 어느 쪽이 최후를 맞이할지 내가 몸소 알려주도록 하지. 드라, 스이, 이전 계층에 있던 보스는 너희가 쓰러뜨렸으니 이 녀석은 나한테 양보해라.』

이미 전투 모드에 돌입한 페르는 이를 드러낸 채 눈을 번쩍번쩍 빛내며 그렇게 말했다.

『칫, 어쩔 수 없지.』

『피이, 알겠어~. 페르 아저씨, 힘내~!』

『훗, 너희도 어느 쪽이 더 강한지 그 눈에 똑똑히 새겨둬라.』

그렇게 말한 페르가 달려나감과 동시에 암미트도 "쿠와아아아아아" 하고 고함을 지르더니 거대한 몸을 흔들며 돌진해 왔다.

페르의 세 배는 될 만큼 거대한 데다 힘껏 물어뜯고자 커다란 입을 벌린 채 달리는 암미트와 물 흐르는 듯한 동작으로 질주하는 페르가 교차했다.

"어, 어, 어, 우와아아아아악."

페르와 교차한 후에도 암미트는 우리가 있는 쪽으로 돌진해 왔다.

무의식중에 나는 고개를 돌리고 몸을 웅크렸다.

그 직후 쿵, 하고 무언가가 쓰러지는 소리와 진동, 그리고 모래 먼지가 일어났다.

"콜록, 콜록⋯⋯. 어, 어떻게 된 거야?!"

모래 먼지가 가라앉아 쭈뼛거리며 눈을 떠보니 숨을 거둔 암미트가 우리 눈앞에 쓰러져 있었다.

암미트의 좌측에는 내장까지 깊이 도달한, 도려낸 듯한 발톱자국 같은 상흔이 남아 있었다.

『내가 더 강하다.』

페르가 그렇게 말하며 의기양양한 표정을 지었다.

『분하지만 역시 대단한걸, 페르.』

『페르 아저씨, 굉장해~!』

드라 짱과 스이가 칭찬하자 아주 싫지는 않은지 페르는 꼬리를 요란하게 흔들며 『당연한 결과다』라고 대답했다.

"나 참, 너무 사람 놀라게 하지 말라고."

암미트가 눈앞까지 왔을 때는 심장이 멎는 줄 알았다고.

『너는 여전히 소심하구나. 우리와 있을 때는 좀 더 당당하게 있으란 말이다.』

"소심한 놈이라 죄송하게 됐네요. 원래 있던 세계에서는 저런 무서운 생물이 없었으니 어쩔 수 없잖아."

그렇게 말하며 잽싸게 암미트의 드롭 아이템을 주워 나갔다.

"이 검은 가죽은 하반신인 하마 같은 부분에서 나온 건가? 그리고 큼직한 마석. 그리고 또…… 상자?"

어쩐지 이집트스러운, 기하학적인 문양이 그려진 데다 무진장 화려한 색을 띤 상자가 떨어져 있었다.

그걸 열어 보니…….

"…………."

안을 들여다봤다가 닫았다.

후우~ 하고 숨을 크게 내쉬고서 다시 한번 덮개를 열었다.

안에는 반짝반짝 빛나는 옅은 파란색의 보석이 들어 있었다.

게다가 크기가 심상치 않다.

골프공보다 큰 보석이다.

지금까지 여러 보석들을 손에 넣었었지만 그중에서도 제일 크다.

어쩐지 위험해 보이는 보석이다 싶었지만 감정해 보았다.

【블루 다이아몬드】

매우 희귀한 보석. 과거 이 보석에 매료된 어느 나라의 왕비가 왕을 말로 회유하여, 이 보석을 소유하고 있던 어느 소국을 침공해 멸망시켜 손에 넣었다는 일화가 전해진다.

....

응, 못 본 걸로 하자.

조용히 상자의 덮개를 닫고 아이템 박스에 넣었다.

『왜 그러지?』

"어, 아무것도 아니야, 아무것도."

어째 이런 일이 자주 생기는 것 같네.

『그러냐, 그럼 아래로 내려가지.』

우리 일행은 45계층으로 내려갔다.

"에엑······. 이건 좀 아니지 않아···········?"

계단을 내려가 보니 눈앞은 온통 은세계였다.

어지간한 일로는 놀라지 않는 페르와 드라 짱과 스이 트리오도 그 광경을 보고 넋이 나가 있었다.

"추워!"

너무 추운 나머지 계단을 뛰어올라 44계층으로 돌아갔다.

『어이, 왜 돌아가는 거냐?』

뒤에서 따라온 페르가 언짢은 투로 말했다.

『주인, 왜 그래애?』

알고 보면 더위에도 추위에도 상당히 내성이 있는 스이도 의아하다는 듯이 그렇게 물었다.

하지만······.

"저렇게 추운 곳에 이 차림새로 가는 건 무리야. 아닌 게 아니라 이 상태로 가면 난 얼어 죽을 거라고."

온통 은세계였던 45계층의 광경을 떠올리며 나는 몸을 부르르 떨었다.

『나도 저건 좀 무리야······.』

추위라면 질색을 하는 드라 짱도 그 광경을 보더니 기운이 넘치던 평소와는 완전 딴판이 되어서 중얼거렸다.

"저기 말이야, 탐색을 멈추고 지상으로 돌아간다는 선택지는······."

혹시나 싶어서 그렇게 물어보았지만 페르는 『말도 안 되는 소리』라고 딱 잘라 말했다.

그렇겠지.

이 던전도 답파할 거라고 의욕을 불사르고 있었으니.

『드라도 근성을 보여 봐라. 춥다는 이유만으로 던전 답파를 포기할 거냐? 그래서는 나와 스이를 따라오지 못할 거다.』

『칫, 따끈따끈한 털가죽이 있는 너한테 그런 말을 듣고 싶지는 않거든? 하지만 그런 말까지 들었는데 가만히 있을 수는 없지. 나도 남자야. 어디 해보자고오!』

페르의 부추김에 드라 짱이 갑자기 의욕을 내보이기 시작했다.

『이봐, 가자고!』

그렇게 말하며 계단을 내려가서 그대로 45계층으로 날아갈 듯한 기세의 드라 짱과 그 뒤를 따르려는 페르를 허둥지둥 만류했다.

"야야, 잠깐잠깐잠깐잠깐! 준비도 없이 그대로 가면 페르는 둘째 치고 드라 짱은 꼼짝도 못 하게 될 거야!"

몸이 비늘로 뒤덮여 있는 드라 짱은 굳이 말하자면 변온동물에 가까울 테니 근성으로 어떻게 될 일이 아니라니까.

황야와 사막에서도 밤마다 춥다며 불평을 줄줄 늘어놓던 자신의 모습을 떠올려 보라고.

"추위에 내성이 있는 페르랑 스이와 달리 나랑 드라 짱은 내려가기에 앞서 단단히 준비를 해야 한다고."

『끄응, 어쩔 수 없군. 그렇다면 그 준비라는 걸 빨리 끝내라.』

"그래그래, 재촉하지 않아도 그럴 거야. 내 생사가 걸린 일이니까. 분명 인터넷 슈퍼에서 방한복도 그럭저럭 팔고 있었던 것 같은데……."

나는 준비에 착수하기 위해 인터넷 슈퍼를 띄웠다.

"찾았다. 찾았어. 이야아, 인터넷 슈퍼가 있어서 정말 다행이야. 방한복이 없으면 난 진짜 얼어 죽을 거라고. 으음~ 이거랑 이거…… 이것도 필요하겠지? 그리고 이것도."

아낌없이 차례차례 방한복 등을 구입해 나갔다.

◇ ◇ ◇ ◇ ◇

"우으, 역시 영하 20도야. 이렇게 껴입어도 춥네."

얼마나 추울지 궁금해서 인터넷 슈퍼에 있던 온도계로 기온을 재보니…….

무려 영하 20도였다.

추워도 너무 춥다. 왜 이런 계층이 있는 거냐고 버럭 소리를 치고 싶을 정도였다.

『내 결계가 있으니 그렇게까지 춥지는 않을 텐데. 참아라.』

"뭐, 그건 그렇기도 하니 결계를 쳐준 건 정말로 고맙지만 말이야, 추운 건 추운 거라고."

그거 알아?

영하 20도쯤 되면 숨 쉬는 것도 고역이라고.

보다 못한 페르가 곧장 결계를 쳐준 덕분에 살았지만 말이야.

그 페르의 결계 안은 영하 5도 정도.

영하 20도보다는 낫지만 그래도 추운 건 추운 거다.

그 추위를 견딜 만큼의 장비를 준비할 수 있었으니 인터넷 슈퍼는 정말 최고다.

참고로 내 방한 장비를 말하자면, 상체에는 제일 안쪽에 보온성과 신축성이 높은 소재의 하이넥 긴소매, 그 위에 이쪽에서 산셔츠, 그 위에 플리스 재킷, 거기에 다운재킷을 껴입었다.

전에 봤을 때만 해도 다운재킷은 없었지만 식재료가 그랬듯이 계절에 따라 상품이 갱신된 모양이다.

그 덕분에 다운재킷도 손에 넣을 수 있었다.

하체에는 보온성과 신축성이 높은 재질의 남성용 레깅스를 입고, 그 위에 이쪽에서 산 바지, 그리고 방수성이 뛰어난 나일론 바지를 입었다.

그리고 끝으로 람베르트 씨에게 부탁해서 만든 와이번 망토를, 온몸을 뒤덮듯이 걸쳤다.

양말도 두꺼운 것으로 갈아 신고 마찬가지로 람베르트 씨에게 부탁해 만든 와이번 부츠를 신었다.

이 부츠도 발에 익고 나니 착용감이 끝내주는 데다, 무엇보다도 와이번의 가죽은 방수성이 뛰어나서 믿음직스러웠다.

손에는 두꺼운 장갑, 머리에는 니트 모자를 쓰고 귀마개 같은 것도 팔기에 그것도 구입해서 장착했다.

나아가 외부 브랜드인 드러그 스토어에서 붙이는 핫팩을 상자째로 사서 곳곳에 붙여두었다.

그리고 이 붙이는 핫팩을 쓰고 있는 건 나뿐이 아니었다.

"드라 짱, 괜찮아?"

『우으으, 빨리 이 계층을 통과해줘어…….』

염화로도 드라 짱은 다 죽어가는 목소리였다.

'근성을 보여라'라는 페르의 말에 드라 짱은 '어디 해보자고'라면서 받아쳤었지만 추위에 약한 종족적인 벽은 넘을 수 없었던 모양이다.

붙이는 핫팩을 배와 등에 찰싹찰싹 붙인 드라 짱은 다운재킷과 망토 사이로 들어가 내 등쪽에 달라붙어 있었다.

"페르, 그렇다는데?"

『으음, 드라에게는 근성을 보이라고 말했지만, 아이스 드래곤도 아닌 드라에게 이 환경은 다소 힘들었던 건가…….』

그야 그렇지, 페르처럼 폭신폭신한 털가죽이 있는 게 아니니까.

그건 그렇고, 어쩐지 매우 불길한 이름이 나온 것 같은데…….

"저, 저기, 아이스 드래곤이라니……."

『아이스 드래곤은 이런 극한의 땅에 사는 드래곤을 말한다.』

역시 그렇구나.

아이스는 말이 붙을 정도니 당연히 그렇겠지.

『드래곤~! 저기저기 페르 아저씨, 그 아이스 드래곤이라는 거 맛있어?』

드래곤이라는 말을 듣자 스이는 갑자기 신이 난 듯한 투였다.

『음, 아이스 드래곤의 고기도 꽤나 맛있지.』

고기가 맛있다는 말을 듣자 스이가 흥분했는지 눈 위에서 통통 뛰기 시작했다.

『우와아, 스이도 먹어보고 싶어~. 나오면 좋겠다아, 아이스 드래곤. 그러면 스이가 에잇, 하고 해치워버릴 거야~!』

『후하하, 그렇게 해라. 아이스 드래곤이 나오기를 기대하도록 하자.』

아니아니아니, 기대하지 않아도 된다고.

그런 건 절대로 안 나와도 돼.

이 던전은 환경만으로도 충분히 가혹하니 흉흉한 마물까지 계속해서 내보내지는 말아줘.

떡밥 뿌리는 게 아니라 진심으로 하는 말이라고.

『그럼, 가볼까.』

"그래. ……사실 이런 곳엔 얼씬도 하고 싶지 않지만(소곤)."

『뭐라고 했지?』

"아, 아무것도 아냐. 그, 그보다 말이야, 스이한테 묻고 싶었는데 괜찮은 거니? 정말로 안 추워?"

이야기를 얼버무리려는 뜻도 있었지만 궁금했던 것을 스이에게 물어보았다.

『음~? 괜찮아~. 평소보다 살짝 시원한가~ 싶지만, 아무렇지도 않아!』

"아하하, 평소보다 살짝 시원한 정도라고?"

『응!』

영하 20도라는 극한의 환경인데? 페르의 결계 덕분에 좀 나아지기는 했지만 그래도 영하 5도라고.

그걸 평소보다 살짝 시원한 정도라고 하는 스이를 보며 쓴웃음을 지었다.

『흐흠, 믿음직하군그래.』

"뭐, 그렇긴 하지만 말이야. 스이는 뜨거운 건 느끼는 것 같지만 의외로 아무렇지도 않고, 추운 것도 지금 본 것처럼 전혀 문제가 안 되는 것 같고, 회복약도 만들 수 있고, 대장 일도 할 수 있고, 공격도 완벽하잖아. 뭔가 보면 볼수록 터무니없네."

『후하하하하하, 그건 그렇군. 이렇게 상식을 뛰어넘는 슬라임이 존재할 줄은 나도 몰랐다.』

『있지있지, 주인이랑 아저씨, 스이 얘기하는 거야~?』

"그래, 스이는 굉장하다고."

『음, 스이는 대단한 슬라임이다.』

『에헤헤~ 주인이랑 페르 아저씨한테 굉장하다고 칭찬받았어. 스이, 기뻐.』

스이가 기쁜 듯 빠른 속도로 푸들푸들 몸을 떨었다.

우리가 극한의 땅에서 그런 훈훈한 대화를 나누는 가운데, 거기에 끼지 못하는 사람이 대략 한 명 있었다.

『이봐아, 수다 떨고 있지 말고 빨리 좀 가 줘~. 좌우간 얼른 이 층을 통과해 달라고오…….』

기운이 하나도 없는 드라 짱의 목소리가 머리에 울렸다.

"아아~ 미안미안. 금방 출발할게. 페르, 스이, 가자."

『음.』

『응.』

나와 스이를 등에 태운 채 페르가 달려나갔다.

이렇게 우리 일행은 극한의 45계층에 발을 내디뎠다.

제 3 장

백숙으로 몸속까지 따끈따끈

『어이, 오늘은 여기까지다.』

『그래. 해도 저물기 시작했으니 그렇게 하자.』

염화로 짧게 대화를 나눈 후, 페르가 걸음을 멈췄다.

주변이 온통 은세계인 45계층에 온 지도 어언 사흘.

추위를 싫어하는 드라 짱을 위해서라도 이 극한의 계층을 빨리 통과하고자 하염없이 전진하고 있었다.

페르의 등에서 내려서 허리를 쭈욱 폈다.

"크으~."

마찬가지로 페르의 등에 타고 있던 스이가 내 흉내를 내는 것인지 푸들푸들한 몸을 세로로 늘여 젖히고 있었다.

뼈도 근육도 없으니 등이 뻐근할 일도 없을 텐데.

그런 스이를 보고 쿡, 하고 웃었다.

참고로 내 등에 달라붙어 있던 드라 짱은 중간에 추위 때문에 정신이 아득해졌는지 떨어질 뻔한 사건이 일어난 뒤로, 스이와 교대로 가방 안에 들어가 있게 했다.

인터넷 슈퍼에서 모포 대신 구입한 플리스 재킷을 뒤집어쓰고 가방 안에서 푹 잠들어 있다.

드라 짱에게는 다소 좁은 듯했지만.

"자 그럼, 준비를 해볼까. 페르, 결계를 부탁해."

『음.』

페르가 친 결계 안에서 나는 부지런히 야영 준비를 해나갔다.

우선 인터넷 슈퍼에서 구입한 돗자리를 깔았다.

그리고 그 위에 이곳, 45계층에서 입수한 스노 자이언트 혼 래빗이라는 마물에게서 나온 모피를 깐다.

스노 자이언트 혼 래빗은 이 계층에 엄청 많이 나오는 토끼 형태의 마물이다.

빨리 지나가려 하는 우리 일행 앞에 불쑥불쑥 나타나 전진을 방해했다.

'스노'라는 단어가 말해주듯, 모피는 물론이고 뿔까지 눈처럼 새하얗고 크기는 대형견 정도다.

B랭크 마물로 페르 일행에게는 그렇게까지 위협적이지 않지만, 설경에 녹아들 만큼 새하얀 데다 은신 같은 스킬이라도 있는지 가까이 올 때까지 알아챌 수가 없다는 점이 성가시다.

몰래 다가와서 날카로운 뿔을 내세운 채 돌진해 온다고, 무서워.

뭐, 말은 이렇게 해도 페르의 스이의 적수는 안 됐지만.

그럼에도 이 계층은 스노 자이언트 혼 래빗에게 낙원이나 다름없는 모양이라 상당한 숫자가 서식하고 있는지, 우리 앞에도 여러 번 나타났고 그에 따라 드롭 아이템도 상당히 많이 손에 들어왔다.

모피, 뿔, 고기, 가끔씩 마석이 나왔는데, 그러한 드롭 아이템 중에서도 가장 드롭 확률이 높은 것이 모피였다.

그렇게 쌓인 모피의 일부를 조금이라도 따뜻한 잠자리를 만들기 위해 돗자리 위에 깔아 이용하고 있는 것이다.

아무튼 스노 자이언트 혼 래빗의 모피는 방수성과 보온성이 뛰어나서, 이걸 깔기만 해도 상당히 쾌적한 공간이 되어 잘 써먹고 있다.

참고로 깔개로 쓰고 있는 모피는 스이의 분신들이 깨끗하게 청소해줘서 청결한 데다 감촉도 포근하다고.

그 포근포근한 모피 위에 이불을 깔면 잠자리 완성이다.

수중에 있던 이불과 모포에, 이곳에 와서 추가로 산 모포까지 뒤집어쓰고서 다 같이 꼭 붙어서 누우면 그럭저럭 따뜻하게 잘 수 있다.

잠자리 준비를 마친 후, 가방 안에 있는 드라 짱을 살며시 깨우며 말했다.

"드라 짱, 잠자리가 완성됐어."

『그래…….』

꼬물꼬물 일어난 드라 짱이 플리스 재킷을 두른 채 가방에서 나왔다.

그리고 곧장 갓 만든 잠자리의 이불 속으로 파고들었다.

"드라 짱을 위해서라도 이 극한의 계층에서 빨리 빠져나가고 싶네."

『내일이나 늦어도 모레면 이 계층에서 빠져나갈 수 있을 거다. 다만 지금까지의 경우를 생각해 보면…….』

"이 아래 계층도 마찬가지로 극한의 환경일 가능성이 높다는 거지?"

『음.』

이 던전은 같은 환경의 계층이 두 계층 이어지는 경우가 많으니까.

"뭐, 그건 그때 가서 생각하자."

『그게 좋겠군. 그래서, 밥은 아직이냐?』

"잠자리 준비가 끝났으니 이제 만들어야지."

나 참, 페르는 성질도 급하다니까.

"뭘로 할까, 역시 전골? 몸을 덥힐 수 있는 것 중 빨리 만들 수 있는 걸 꼽자면 역시 전골이니까."

이 계층에 오고서 며칠 동안 전골을 먹었지만, 몸을 덥히는 데는 전골이 최고니까.

무엇보다 맛있고 간단하기도 하고.

『전골이라. 그건 따뜻하고 맛있으니 나쁘지 않군. 뭣하면 어제와 마찬가지로 거북이 고기 전골이라도 괜찮다.』

『스이도 전골이면 돼~. 거북이 고기 전골, 맛있으니까~.』

"자라 전골이라. 맛은 있지만 연속으로 먹는 건 좀……. 게다가 맛있고 귀중한 고기잖아, 그런 건 가끔씩 먹어야 맛있는 거라고."

『그럼 무슨 전골로 할 거지? 고기는 절대 빼지 마라.』

"말 안 해도 알아."

너흰 고기가 주식이니까.

"아무튼, 무슨 전골로 할까…………."

이 아이템 박스를 뒤졌다.

"흠. 이걸 써볼까."

이 층에서 드롭 아이템으로 얻은 신선한 고기를 꺼냈다.

스노 자이언트 혼 래빗과 함께 이 계층에 엄청나게 많이 나오는, 스노 꼬꼬라고 하는 몸길이가 내 허리까지 올 정도로 큰 닭 같은 마물의 드롭 아이템이었다.

　이 스노 꼬꼬도 볏까지 새하얘서 설경에 녹아들어 알아채기 어려웠다.

　『어이, 그 고기는 이곳에서 나온 하얀 새고기가 아니냐. 그건 꼬치구이로 할 거라고 하지 않았나?』

　"아아, 물론 꼬치구이로도 만들 거야. 하지만 그건 지상에 나간 뒤의 이야기고. 잔뜩 있으니까 오늘 전골에도 써볼까 싶어서. 전골로 만들어도 분명 맛있을 거야."

　살짝 맛을 봤더니 닭고기랑 똑같아서 어디에든 쓸 수 있을 듯했다.

　『흐음, 그만큼 꼬치구이용 고기가 줄어드는 건가. 좋아, 내일부터는 하얀 새를 집중적으로 사냥하도록 하지. 스이도 알겠느냐?』

　『알았어~. 내일은 하얀 새를 잔뜩 쓰러뜨릴게~!』

　페르도 고소하게 구워진 꼬치구이를 기대하고 있었는지, 그 꼬치구이용 고기가 줄어드는 걸 용납할 수가 없는 모양이었다.

　스이와 함께 스노 꼬꼬를 집중적으로 사냥하겠다고 선언할 정도로.

　스노 꼬꼬에게는 그야말로 마른하늘에 날벼락 같은 이야기겠지만.

　『그래서, 어떤 전골로 할 거냐?』

　"이 고기를 써서 백숙을 해볼까 해. 담백하지만 맛있는 요리라고~."

◇ ◇ ◇ ◇ ◇

인터넷 슈퍼에서 백숙 재료를 구입하고 바로 조리를 개시했다.

뭐, 그래 봐야 재료를 썰어 넣고 끓이기만 하면 돼서 간단하지만.

우선 질냄비에 물과 다시마를 넣고 30분 동안 둔다.

그동안 고기와 채소를 썰어 나간다.

껍질이 붙어 있는 스노 꼬꼬의 다리살을 한 입 크기보다 조금 크게 썰고 배추도 큼직하게, 파드득 나물은 5센티미터 길이 정도로 썰고, 대파는 어슷썰기한다.

두부는 3센티미터 정도로 깍둑썰기하고, 만가닥버섯과 팽이버섯은 밑동을 잘라내서 뜯어둔다.

고기와 채소를 다 썰고 나면 물과 다시마를 넣어두었던 질냄비에 과립형 치킨 콩소메 수프를 넣고 가열한다.

전문점에서 파는 하카타풍 백숙처럼 뽀얀 국물을 우리는 건 시간적으로나 체력적으로나 무리니, 치킨 스톡을 넣어 감칠맛을 더한다.

집에서 먹을 때는 이렇게만 해도 충분히 맛있다고.

질냄비가 끓기 전에 다시마를 건져내고, 끓어오르면 스노 꼬꼬 고기를 넣는다.

그런 다음에는 거품을 걷어내며 고기를 삶고, 다 익었을 즈음 나머지 재료를 넣어서 익히면 완성이다.

"좋아, 다 됐어~."

그렇게 말하자 이불을 뒤집어쓰고 있던 페르와 드라 짱과 스이가 모여들었다.

"이건 여기 있는 폰즈를 끼얹어서 먹으면 돼. 퍼줄 테니 조금만 기다려."

부글부글 끓으며 김을 내고 있는 질냄비에서 백숙을 각자의 그릇에 퍼나갔다.

그리고 폰즈를 끼얹어서⋯⋯.

"여기."

모두의 앞에 그릇을 내려놓자 곧장 달려들었다.

페르와 드라 짱은 아 뜨거, 하더니 후우후우 불어서 식히고 있지만.

『맛있어~. 이 새고기랑 살짝 짭짤한 소스가 엄청 잘 어울려~.』

뜨거워도 끄덕없는 스이가 한발 먼저 백숙을 맛보았다.

『음, 확실히 그렇군. 이건 얼마든지 먹을 수 있겠어.』

페르는 입을 댈 수 있을 만큼 식은 백숙을 맛보더니 곧장 우걱우걱 고기를 먹어치우고 있다.

『아~ 역시 전골을 먹으면 몸이 따끈해진다니까아.』

드라 짱은 백숙을 맛보며 진심 어린 목소리로 그렇게 말했다.

나도 백숙에 폰즈를 끼얹어 먹었다.

"앗 뜨거⋯⋯ 그래도 맛있네. 이렇게 추울 때는 역시 전골이 최고야아⋯⋯."

푹 익어서 야들야들해진 배추를 입에 넣고 허후허후 굴려 식혀

가며 맛보고서 내가 엉겁결에 그렇게 말하자 페르와 드라 짱과 스이가 동의했다.

『좋아, 팍팍 먹어주지. 한 그릇 더. 이번에는 고기만 담아도 된다.』

『나도 한 그릇 더. 나는 채소랑 같이. 물기가 많은 채소를 먹으면 몸이 따끈해지거든.』

『스이도 한 그릇 더~. 채소도 먹긴 할 거지만, 고기도 많이~.』

"그래그래."

모두의 주문을 받아 추가 음식을 퍼서 내주었다.

페르와 드라 짱과 스이는 곧바로 우걱우걱 백숙을 맛보았다.

"자 그럼, 나도 좀 더 먹을까. 그래, 이번에는 그걸……."

아이템 박스에서 작은 병을 꺼냈다.

"유자 후추. 이걸 살짝 뿌리면 산뜻해져서 더 맛있단 말이지."

유자 후추를 살짝 뿌린 스노 꼬꼬 고기를 후우후우, 입김을 식히고서 입에 넣었다.

"응, 맛있어. 폰즈도 좋지만 유자 후추도 상쾌한 유자 향과 아릿한 매운맛이 더해져서 맛있는걸."

유자 후추를 뿌린 백숙을 먹고 있자 이쪽을 물끄러미 쳐다보는 시선이 느껴졌다.

『어이, 그건 뭐냐?』

역시 페르야, 맛있는 냄새는 귀신같이 맡는다니까.

"유자 후추라고 하는 매콤한 조미료야. 하지만 매운맛뿐 아니라 유자 특유의 상쾌한 맛도 나."

『호오, 여기에 뿌려 먹으면 맛있나?』

그 물음에 "그래"라고 답하자 페르가 유자 후추를 뿌리라는 듯이 코로 백숙이 든 그릇을 내 쪽으로 밀었다.

페르가 바라는 대로 유자 후추를 뿌려줬더니…….

『더 뿌려라.』

"더 뿌리라니, 이 정도면 되겠어?"

페르가 그렇게 말하기에 유자 후추의 양을 늘렸다.

『더.』

"아니아니, 저기, 이거 맵다고. 괜찮겠어?"

『괜찮으니 더 뿌려라.』

페르의 재촉에 못 이겨 더 뿌렸다.

그렇게 유자 후추를 잔뜩 뿌린 스노 꼬꼬의 고기를 페르가 덥석 베어 물었다.

『오오, 알싸하고 맛있군!』

"아니아니, 너무 많이 뿌렸거든……?"

그렇게 딴죽을 걸었지만 페르는 그 매콤한 맛이 마음에 들었는지, 결국 나머지 유자 후추를 몽땅 먹어치워 버렸다.

나와 『나도 먹어보고 싶어』라고 한 드라 짱이 먹을 유자 후추를 몰래 인터넷 슈퍼에서 추가 구입하기는 했지만.

물론 나와 드라 짱은 적당히 뿌려서 백숙을 맛있게 즐겼다.

매운 걸 싫어하는 스이는 폰즈를 뿌린 백숙을 아구아구 먹었다.

그런 다음에는 마무리 요리로 죽까지 끓여서 백숙을 만끽했다.

마무리 요리를 어떻게 할까 고민했지만 죽으로 하길 잘했다.

스노 꼬꼬 고기의 감칠맛과 채소의 감칠맛이 녹아든 국물로 만든 죽은 끝내줘서, 몸속까지 스며드는 듯한 느낌이 들 만큼 맛있었다고.

저녁 식사를 마친 나와 페르와 드라 짱과 스이는 백숙을 먹고 후끈해진 몸을 서로에게 기댄 채 잠들었다.

◇ ◇ ◇ ◇ ◇

조우 확률이 높은 스노 자이언트 혼 래빗과 스노 꼬꼬를 쓰러뜨리고, 가끔씩 나오는 스노 카리부(caribou)라는 코끼리만큼 커다란 순록 마물과 스노 팬서라는 새하얗고 움직임이 잽싼 표범 마물, 그리고 자이언트 스노 타이거라고 하는 하얀 바탕에 검은 얼룩이 있으며 페르보다 조금 더 덩치가 큰 호랑이 마물 등, A랭크와 S랭크 마물들까지 쓰러뜨리며 설원을 이틀 동안 나아간 끝에.

겨우 보스가 있는 곳에 도착했다.

보스는 눈에 파묻혀 있는 것처럼 보이는, 돌을 쌓아 만든 네모난 건물 앞에 떡 버티고 서 있었다.

"서, 설인?"

하얀 털로 뒤덮인 이족 보행 유인원.

소문만 무성한 미확인 동물 그 자체의 모습을 한 마물이 있었다.

어느 정도 떨어져 있는 내 눈에도 똑똑히 보이는 것을 통해 상당히 크다는 것을 알 수 있었다.

곧장 감정해 보니…….

【예티】

극한의 땅에 사는 S랭크 마물. 붙잡은 사냥감을 잡아 찢을 만큼 완력이 강하다. 영역에 대한 집착이 강해서 자신의 영역에 들어온 자는 가차 없이 공격한다.

어, 으음, 분명 히말라야에 있다는 설인의 이름도 예티였지.

완전 똑같잖아.

그건 그렇다 치고 붙잡은 사냥감을 잡아 찢을 만큼 완력이 강하다니…….

그 장면을 상상하자 소름이 돋았다.

"페르, 저거……."

『음. 한 번 본 적은 있지. 하지만 싸워본 적은 없다.』

페르의 말에 따르면 이곳과 마찬가지로 극한의 땅에 있는 겨울 산에서 한 번 본 적이 있지만, 두 발로 걷는 마물은 기본적으로 고기가 맛이 없어서 관심이 생기지 않아 그냥 지나쳤다고 한다.

『그때는 잘 곳을 찾는 게 더 중요했거든』이라는 말도 덧붙였다.

뭐, 듣고 보니 두 발로 걷는 것 중 맛있는 마물은 오크랑 미노타우로스 정도밖에 안 떠오르기는 하네.

기간트 미노타우로스는 둘째 치고 오크와 미노타우로스도 페르의 입장에서는 최상의 고기라 보기 어려웠을 테니 이번처럼 극한의 땅에 있었던 그때는 잘 곳을 찾는 게 중요했다는 말이 어느 정도 납득이 되기는 했다.

"감정해보니 붙잡은 사냥감을 잡아 찢을 정도로 완력이 강하고 영역에 대한 집착이 강하다고 나오는데."

『음. 내 감정에도 그렇게 나오는군. 저 녀석, 위협은 하고 있지만 공격해 오질 않는군그래. 아직 명확하게 공격해 올 정도의 거리에 들어오지는 않았다는 뜻인가.』

"어쩔 거야?"

『어쩌긴, 당연히 평소처럼 쓰러뜨릴 뿐이다.』

당연히 쓰러뜨리겠다니. 아니, 뭐 앞으로 가려면 그렇게 해야겠지만 말이야.

『저기저기저기, 저거 스이가 쓰러뜨리고 싶어~!』

『흠, 할 수 있겠느냐?』

『응, 괜찮아!』

『좋아, 그렇다면 스이에게 맡기마. 다녀와라.』

페르와 스이가 멋대로 이야기를 진행시키기에 제지했다.

"아니아니아니아니, 잠깐 스톱~! 왜 멋대로 보내려고 그래, 스이만 보내면 안 되잖아! 붙잡은 사냥감을 잡아 찢을 정도로 완력이 강하다는데! 스이가 뿌직, 하고 짓뭉개지기라도 하면 어쩌려고!"

『시끄럽군. 스이가 저 녀석 정도에게 질 리가 없지 않으냐. 그렇지?』

"그렇지? 라니, 페르도 싸워본 적이 없으니까 얼마나 강한지 모르잖아?"

『그, 그럴 리가 있나. 스이라면 괜찮다. ……아마도.』

"아마도라니, 왜 추측인 건데!"

나도 스이가 강하다는 건 알지만 강한 마물을 혼자 상대하라고 보내자니 걱정이 되어 견딜 수가 없었다.

그래서 스이가 싸울 때는 되도록 누군가가 같이 싸워줬으면 했다.

"페르도 같이 가서 싸워줘. 그러면 나도 안심할 수 있잖아."

『주인, 괜찮아! 쓰러뜨리고 올게~!』

"자, 잠깐만 스이!"

말릴 새도 없이 스이는 잽싸게 움직여 예티에게 향했다.

"아아~ 스이야~."

『한심한 목소리 좀 그만 내라. 여차하면 내가 구하러 갈 테니 걱정할 것 없다.』

그런 말을 들은들 아직 어린이 슬라임인 스이가 나는 걱정되어 죽을 지경이다.

『흠, 스이를 발견했군.』

페르가 그렇게 말함과 동시에 예티가 두꺼운 팔을 눈 속에 처박았다.

『너 같은 녀석한테 스이는 안 잡혀~.』

움직임이 잽싼 스이를 붙잡으려고 예티가 "우호아아아아아아" 하고 고함을 지르며 눈 속에 계속해서, 몇 번이고 손을 처박고 있다.

그리고 눈 속에 숨어있었던 듯한 스이가 눈을 밀쳐내고 튀어 올랐다.

『에잇~.』

풋———.

"우끼야아아아아아악."

스이가 발사한 산탄이 배의 오른쪽에 명중.

예티는 버틸 수가 없는지 배를 부여잡고 무릎을 꿇었다.

『이겼다~!』

처리했다고 생각한 스이가 기뻐하며 통통 튀어 오르는 게 보였다.

하지만 다음 순간——.

"우고아아아아아아악."

마지막 반격이라는 듯이 남은 힘을 쥐어짜서 일어난 예티가 잽싸게 움직여 스이를 손으로 움켜쥐었다.

"스이?!"

말캉말캉한 스이의 몸이 꽈악 찌부러져서 당장이라도 둘로 찢어질 것만 같았다.

"스, 스이~!!! 페르, 도와줘!!"

내 외침과 동시에 페르가 달려나갔다.

『우와아아아. 이거 놔~ 에잇.』

하지만, 페르가 도착하기 전에 스이가 예티의 얼굴을 향해 산을 촥 끼얹었다.

"우끼야아아아아아아아아아아아아악."

귀를 찢을 듯한 절규와 함께 예티는 스이를 내팽개치고 얼굴을 손으로 부여잡았다.

그리고 몇 걸음 걸어가다 풀썩 쓰러졌다.

『스이가 더 강하거든~?!』

흥, 하고 콧방귀를 뀌는 소리가 들려오는 듯한 분위기의 스이의 염화가 들렸다. 나는 곧장 스이가 있는 곳으로 달려갔다.

"스이~."

그리고…….

쏜살같이 스이에게 달려간 나는 그 말캉말캉한 몸을 꼭 끌어안았다.

"스이~ 괜찮니? 아픈 데는 없고?"

『괜찮아~.』

"정말? 괜찮은 거 맞아?"

『응, 아무 데도 안 아파. 괜찮아~.』

스이가 기운차게 그렇게 말하는 걸 듣고서야 나는 안심했다.

"나 참~ 걱정했잖아, 스이~."

『에헤헤, 미안해, 주인.』

그렇게 말하며 나는 스이를 마구 쓰다듬었다.

『스이 너, 처치한 줄 알고 방심했구나.』

『응, 스이, 살짝 방심했어. 상대한테 붙잡혀서 깜짝 놀랐어~.』

『이번 일을 교훈으로 삼아라. 상대가 무엇이건 방심은 금물이다. 적을 처리할 때는 제대로 숨통을 끊어야만 한다. 알겠냐.』

『네~에.』

스이가 무사하다는 사실에 나는 가슴을 쓸어내렸다.

안심하고 나자 다른 게 눈에 들어오기 시작했는데.

바로 예티가 떨어뜨린 드롭 아이템이다.

과연 S랭크 마물답게 특대 사이즈의 마석에······.

"보물 상자네."

『음. 꽤 크군.』

보석 등이 장식되어 있지는 않았지만 눈의 결정체 같은 문양이 새겨진 하얀 보물 상자였다.

바로 열어보고 싶은 충동에 사로잡혔지만 함정이 있는 보물 상자도 많으니 우선 이걸 먼저 해야지.

"감정."

【보스의 보물 상자】

보스를 쓰러뜨리면 낮은 확률로 드롭되는 보물 상자. 함정은 없다.

"보물 상자, 함정은 없다니까 열어볼게."

하얀 보물 상자를 설레는 마음으로 열었다.

안에 무엇이 들었을까 궁금해하며 나, 페르, 스이가 보물 상자 안을 들여다보았다.

『뭐냐, 이게?』

『뭔가 복슬복슬해~.』

보물 상자 안에는 하얗고 복슬복슬한 보아털 같은 소재로 된 옷감이 개어져 있었다.

그 옷감을 들어서 펼쳐보았다.

"이건, 망토네."

복슬복슬한 옷감을 펼쳐보니 내가 입은 와이번의 망토와 같은 형태를 띠고 있었다.

『호오, 꽤 좋은 물건이로군.』

"그래?"

『너도 감정해 봐라.』

페르의 재촉에 나도 망토를 감정해 보았다.

【예티의 망토】

예티의 가죽으로 만들어진 망토. 보온 효과(대). 한랭지에서도 따뜻하고 쾌적하게 지낼 수 있다.

"오오~ 이거 좋은데? 이 아래 계층도 이곳과 같은 극한의 땅이라면 상당히 유용하겠어."

『음, 이로써 드라도 조금은 편해지겠지.』

"그렇겠네."

안 그래도 평소에는 활동적이지만 이 계층에서는 추위를 견디기 위해 가방 안에서 얌전히 자고 있을 수밖에 없었던 드라 짱이 불쌍하다고 생각하던 참이었다.

하지만 이 망토가 있으면 적어도 이 안에서는 쾌적하게 지낼 수 있게 될 거다.

"그러면 가볼까."

우리 일행은 45계층을 뒤로하고 46계층으로 이어진 계단을 내려갔다.

◇　◇　◇　◇　◇　◇

"혹시나 했더니 역시나네……."

『음, 생각했던 대로로군.』

『또 새하얘~.』

계단을 내려가서 도착한 46계층.

예상했던 대로 45계층과 마찬가지로 시야 가득 은세계가 펼쳐
져 있었다.

『우으, 또 추운 곳이야……?』

46계층도 45계층과 같은 극한의 땅이라는 사실을 알고 낙담한
드라 짱의 목소리가 머리에 울렸다.

"낙담하기에는 아직 일러, 드라 짱."

드라 짱에게 그렇게 말하고서 추위에 강한 페르와 스이를 그대
로 기다리고 있으라고 한 후, 추위를 피하고자 나만 가방에 들어
가 있는 드라 짱을 데리고 계단 중간까지 돌아갔다.

그리고 아까 손에 넣은 예티의 망토를 아이템 박스에서 꺼냈다.

입고 있던 와이번의 망토를 벗고 예티의 망토를 걸쳤다.

"어때, 드라 짱? 지금까지 입었던 와이번의 망토 대신 예티의
망토를 입어봤는데. 예티의 망토는 보온 효과(대)가 있어서 한랭
지에서도 따뜻하고 쾌적하게 지낼 수 있게 해주는 물건이래."

『……으~음, 조금은 나아진 것 같기도 하고.』

"그래? 어쨌든 46계층으로 가자. 가서 어떤지 좀 보자."

『알겠어.』

나는 계단을 내려가서 다시 46계층에 내려섰다.

기다리고 있던 페르와 스이가 내 곁으로 다가왔다.

『드라, 어떠냐?』

『따뜻해~?』

페르와 스이도 궁금한지 곧장 드라 짱에게 물었다.

"드라 짱, 어때?"

그렇게 말하며 시선을 내려서 망토 안을 들여다보았다.

드라 짱이 천천히, 슬금슬금 가방 안에서 고개를 내밀었다.

『…………춥, 지 않아. 응, 춥지 않아!』

흥분했는지 드라 짱이 가방에서 몸을 내밀었다.

"이것 봐, 진정하라고. 그나저나 다행이네, 드라 짱."

나 역시 따뜻하고 쾌적하다.

예티의 망토가 손에 들어와서 정말 다행이다.

극한의 계층을 나아가고 있는 현재 상황에 딱 맞는 물건이었어.

『다행이야~ 드라 짱.』

『음, 이로써 조금은 상황이 좋아지겠지. 하지만 망토 밖은 춥다. 조심해라, 드라.』

『그래. 그 정도는 나도 알아, 페르. 아무튼 말야, 이로써 나도 조금은 도울 수 있을 것 같아. 마법을 쓰면 여기서도 공격할 수 있으니까.』

망토 안이라는 제한된 공간에서나마 움직일 수 있게 되자 드라 짱은 약간 기운을 되찾은 듯했다.

◇ ◇ ◇ ◇ ◇

선언한 대로 드라 짱이 전투에 참가하게 된 덕에 46계층에서는 더욱 매끄럽게 전진할 수 있었다.

망토 안에서 마법을 쏘기만 하는 것이기는 해도 많은 숫자의 마물이 나왔을 때는 페르, 드라 짱, 스이가 모두 나서서 대처하는 편이 당연히 빠르기는 하니까.

그런고로 우리 일행은 45계층 때보다 빠른 나흘째 되는 날에 보스가 있는 곳에 도착하게 되었다.

눈앞에는 설산이라기보다는 빙산(氷山)이라는 표현이 어울리는 것이 두둥, 하고 우뚝 서 있었다.

그 앞에 위풍당당하게 자리하고 있는 것은…….

"완전히 페르가 괜한 말을 한 탓이잖아…….'

『무슨 소리냐.』

"페르가 아이스 드래곤이 어쩌고저쩌고 해서 이렇게 된 거라고."

그렇다, 우리 일행 앞에 나타난 보스는 아이스 드래곤이었다.

백은색에 푸른빛이 조금 섞인 듯한 색을 띤 아이스 드래곤은 보기에는 무척 아름다워 보였다.

하지만 아래층으로 가려면 저 아이스 드래곤과 싸워 이겨야만 한다.

"저거 어떻게 할 거야?"

『어떻게 하긴, 당연히 쓰러뜨려야지.』

"쓰러뜨리겠다니. 괜찮겠어? 저 아이스 드래곤, 페르랑 애들이 쓰러뜨린 어스 드래곤(지룡)이나 레드 드래곤(적룡)보다 큰데?"

『걱정할 것 없다. 나는 과거에 두 번 정도 아이스 드래곤과 싸운 적이 있으니. 물론 내가 이겼고 말이다.』

페르가 자신만만하게 그런 소리를 했다.

"그렇다면 믿고 맡기겠지만."

뭐, 내 힘으로는 드래곤을 어떻게 할 수 없으니 그럴 수밖에 없기도 하고.

『페르 아저씨, 스이도 아이스 드래곤이랑 싸울래~!』

『뭐냐, 스이도 참전할 테냐?』

『응. 왜냐면, 저 아이스 드래곤이라는 것의 고기는 맛있다고 했잖아?』

『음. 녀석의 고기는 다른 드래곤의 고기와 달리 맛이 담백한데, 그래서 더 맛있지. 아닌 게 아니라 얼마든지 먹을 수 있을 정도다.』

아이스 드래곤 고기의 맛을 떠올리고 있는지 페르가 눈을 감은 채 그런 소리를 했다.

아니, 페르, 입가에서 침이 흐르고 있거든?

『스이도 맛있는 아이스 드래곤 고기를 먹어보고 싶어~! 그러니까 스이도 싸울래~!』

『그러냐. 그렇다면 금방 끝날 것 같군. 좋아, 스이, 간다.』

『응.』

"아니, 잠깐 스톱~! 뭔가 별일 아니라는 투로 말하고들 있는데 스이, 상대는 드래곤이라고. 괜찮은 거야? 페르는 싸워본 적이

있고 이겼다고 하니 괜찮겠지만, 스이는 우리랑 같이 기다리는
게 낫지 않을까?"

『에이~ 스이도 싸울 거야. 그래서, 맛있는 아이스 드래곤 고기
를 먹을 거야~!』

"맛있는 고기를 먹을 거야~ 라니, 고기가 나올 거란 보장은 없
는데?"

『끙, 그러했지. 이곳은 던전이니까. 고기가 나올 거란 보장은
없나. 만약 그렇게 되면 기다렸다가 한 번 더 싸울까…….』

어째 페르가 불온한 소리를 하고 있는데.

"잠깐, 한 번 더 싸우는 건 안 돼."

『무슨 소릴 하는 거냐. 아이스 드래곤의 고기는 맛있단 말이다!
손에 넣을 기회가 흔치 않으니 놓쳐서는 안 된다!』

『맞아, 주인. 스이도 맛있는 고기를 먹고 싶은걸.』

크윽, 스이까지 그런 소릴 하다니.

"아니, 하지만 말이야. 그게, 드라 짱, 추운 걸 싫어하는 드라
짱이 있으니까 너무 오래 이 층에 머무르면 안 되잖아."

드라 짱을 방패로 내세워 그렇게 말하자…….

『나라면 괜찮아. 이 망토 안은 쾌적하니까.』

잠깐, 드라 짱~.

드라 짱이 그런 식으로 말하면…….

『드라가 그렇다니 문제는 없겠군. 저 아이스 드래곤이 고기를
내놓지 않으면 한 번 더 싸운다.』

봐, 이렇게 되어버리잖아.

『아니지, 고기를 내놓을 때까지 싸울 거다.』

"헉."

『페르 아저씨~ 그만 가자~.』

『음, 그러자. 스이, 녀석이 고기를 내놓을 때까지 계속 싸운다.』

『웅! 아이스 드래곤 고기~!』

그렇게 말하며 페르와 스이가 아이스 드래곤이 있는 곳으로 가 버렸다.

"잠깐~ 너희 대체 몇 번을 싸울 셈이야~! 싸움은 이번 한 번으로 끝내는 거다~?!"

그렇게 소리쳤지만 듣고 있는 건지 안 듣고 있는 건지.

『저렇게 되고 나면 말릴 수도 없어. 고기를 손에 넣어야 만족을 할 테니 저 녀석들이 고기를 손에 넣을 때까지 우리는 얌전히 기다리자고. 첫 전투에서 고기가 나오면 그게 제일이겠지만 말이야.』

드라 짱의 그 말을 듣고 고개를 푹 숙이며 나는 페르와 스이의 전투를 얌전히 지켜보기로 했다.

페르와 스이가 아이스 드래곤과 대치한다.

먼저 움직인 것은 아이스 드래곤이었다.

아이스 드래곤이 목을 부풀리더니…….

『드래곤 브레스가 온다!』

망토 틈새로 싸움을 지켜보던 드라 짱이 외쳤다.

"가만, 우와아아아아아! 페르랑 스이가 피하면 우리한테 직격할 코스잖아아아아아아!"

나는 쏜살같이 직격 코스에서 물러났다.

내가 몸을 피한 직후, 아이스 드래곤의 커다란 입에서 후오오옥, 이라는 소리와 함께 창백한 빛의 드래곤 브레스가 발사되었다.

너무도 눈이 부셔서 나는 손으로 눈가를 가리고 고개를 돌렸다.

빛이 수그러들고 나서 고개를 들고 눈을 떴다.

그렇게 눈에 들어온 광경을 보자 얼굴이 절로 씰룩거렸다.

"나, 나무가 얼었어…….."

불운하게도 우리가 있던 장소 뒤에 있던 눈옷을 입은 나무들.

그것들이 눈과 함께 보기 좋게 얼어붙어 있었다.

쿵, 쿵, 진동이 전해져 온다.

페르와 스이, 그리고 거대한 아이스 드래곤이 맞붙어 싸우고 있다.

아이스 드래곤은 거대한 몸을 휘두르며, 페르를 날카로운 이빨로 물려고 함과 동시에 스이를 두꺼운 앞발로 짓밟으려 했다.

스이는 아이스 드래곤이 내려찍는 두꺼운 발을 휙휙 피하며 산탄을 발에 맞추고 있었다.

하지만 역시 드래곤이라고 해야 할까.

공격력이 높은 스이의 산탄을 맞아도 관통되기는커녕 거무튀튀하게 변색만 되고 있었다.

그럼에도 대미지가 없는 것은 아닌지 아이스 드래곤은 산탄을 싫어하는 듯한 낌새를 보이며 계속 어슬렁대는 스이를 처리하고자 앞발을 계속해서, 몇 번이고 치켜들었다.

페르 쪽은 몇 번이나 날아드는 아이스 드래곤의 깨물기 공격을 가볍게 피하며 빈틈을 노려 앞발로 발톱 참격을 내질렀다.

"쿠와오오오오오오."

아이스 드래곤이 절규했다.

발톱 참격을 완전히 피하지 못한 아이스 드래곤의 날갯죽지부터 옆구리 사이가 촤악 찢어져 피가 벌컥벌컥 흘러나왔다.

하지만 치명상에 이르지는 못해서, 거꾸로 상처를 입고 격앙된 아이스 드래곤이 거대한 몸을 더욱 격렬하게 움직이며 날뛰기 시작했다.

그 진동이 우리가 있는 곳까지 전해져 왔다.

그리고…………

쨍그랑——.

정말로 내 귀에는 그렇게 들렸다.

아이스 드래곤의 브레스를 맞고 얼어 있던 나무들이 전투의 진동으로 인해 산산이 박살난 것이다.

『저 녀석의 드래곤 브레스, 엄청나네…….』

나와 같은 광경을 보고 있던 드라 짱이 중얼거린 말에 나는 조용히 몇 번이나 고개를 끄덕였다.

페르와 스이를 처치하지 못하자 아이스 드래곤은 속이 탔는지 다시금 드래곤 브레스를 쏘려는 낌새를 보였다.

『드래곤 브레스야!』

잽싸게 알아챈 드라 짱이 염화로 외쳤다.

『흥, 누구 마음대로!』

촤악——.

『에잇~!』

풋───.

아이스 드래곤이 드래곤 브레스를 쏘기 전에 페르가 내지른 발톱 참격이 아이스 드래곤의 목을 쳤고, 스이의 대포알 같은 산탄이 가슴에 커다란 구멍을 냈다.

숨이 끊어진 아이스 드래곤은 천천히 옆으로 쓰러졌다.

나는 드라 짱을 데리고 페르와 스이가 있는 곳을 향해 달려갔다.

"페르, 스이, 괜찮아?!"

『이 녀석 정도에게 당할 내가 아니다.』

『괜찮아~. 있잖아~ 아이스 드래곤은 있지. 풋, 해도 좀처럼 쓰러지질 않았어~. 하지만 큰 걸 에잇, 하고 쐈더니 쓰러졌어~. 페르 아저씨랑 같이 쓰러뜨렸어~ 굉장하지~?』

"응, 응, 굉장해. 이렇게 큰 걸 쓰러뜨리다니, 정말 잘했어."

열심히 아이스 드래곤을 쓰러뜨린 걸 자랑하는 스이를 보자 나는 안심이 되는 동시에 마음이 훈훈해졌다.

그리고 곧이어 나타난 아이스 드래곤의 드롭 아이템은…….

『오오, 이게 아이스 드래곤의 고기다.』

신이 나서 그렇게 말한 페르의 앞에 커다랗고 하얀 고깃덩이가 있었다.

페르는 맛있다고 했지만 색깔만 보면 고기라는 느낌이 들지 않는다. 새하얀 고기라니 빈말로도 맛있어 보이지가 않는데…….

그런 생각이 얼굴에 드러났는지 페르가 『너도 먹어보면 내 말을 이해하게 될 거다』라고 자신만만하게 말했다. 그런 태도로 미루어 맛이 없지는 않을 거다.

어쨌든 첫 전투로 목적했던 것이 손에 들어와서 나는 한시름 놓았다.

그 밖에는 백은색에 아주 약간 푸른기가 섞인 아름다운 색을 띤 가죽, 허연 항아리 같은 것에 담긴 안구와 간, 두껍고 날카로운 어금니, 그리고 초특대 마석이 드롭되었다.

그것들을 모두 주워 모은 후, 아이스 드래곤의 고기를 얻기 위해 『한 번쯤 더 싸워도 될 것 같군』이라고 중얼거리는 페르를 간신히 만류하여 우리 일행은 우뚝 선 설산에 뻥 뚫린 동굴 안으로 들어갔다.

"좋아, 이 계단을 내려가면 47계층인가. 이번에는 어떤 계층이 나올지……."

숲, 황야, 사막, 극한의 땅이었으니 다음은 어떤 환경의 계층이 기다리고 있을까, 하는 불안감에 그런 말이 저절로 나왔다.

『흠…… 아무래도 다음 계층이 최하층인 것 같군.』

"정말로?!"

최하층이라는 말을 듣고 드디어 던전에서 나갈 수 있겠다며 기뻐한 것도 잠시뿐.

데미우르고스 님의 말이 떠올랐다.

"최, 최하층이면……."

『이건 설마………… 그 녀석인가?』

페르가 날카로운 눈빛으로 아래층을 노려보며 그런 말을 중얼거렸다.

"그 녀석이라니?"

내 질문에 대답하지 않고 페르는 천천히 계단을 내려갔다.

나와 드라 짱과 스이는 그런 페르의 뒤를 쫓을 수밖에 없었다.

계단을 내려와 도착한 최하층, 47계층.
　최하층이라 그런지 지금까지 거쳐 온 계층과는 모양새가 달랐다.
　"문, 이 있네……."
　『저 문 뒤에 보스가 있다는 건가. 가슴이 두근거리네.』
　『스이, 힘내서 쓰러뜨릴 거야~!』
　쾌활한 드라 짱, 스이와 대조적으로 페르는 입을 다문 채 앞발로 눈앞에 있는 문을 밀었다.
　열린 문의 안쪽에는 거대한 바위산을 말끔하게 도려낸 듯한 돔 형태의 동굴이 있었다.
　"오오, 무진장 넓네……."
　광대한 동굴을 보고 조금 놀라고 있던 중에 뒤쪽에서 쿠웅, 하는 소리가 들렸다.
　『문이 닫혀 버렸어~.』
　스이가 굳게 닫힌 문을 촉수로 콕콕 찌르며 말했다.
　"뭐, 진짜?"
　시험 삼아 문을 밀어보았지만 꿈쩍도 안 했다.
　"이봐, 어쩔 거야, 페르?"
　말을 걸어도 페르는 여전히 험악한 표정만 짓고 있었다.
　전방에 있는 거대하고 검은 바위를 노려보면서.
　그 거대하고 검은 바위는 거대한 동굴 중앙에 상징물처럼 우뚝

솟아 있었다.

"저, 저기, 저 검은 바위가 뭐 어쨌기에 그래?"

『조용히 있어라.』

페르가 매섭게 말하기에 나는 입을 다물 수밖에 없었다.

미동도 하지 않고 페르는 검은 바위를 계속 바라보았다.

『저, 저기, 드라 짱이랑 스이는 뭔가 알겠어?』

『아니, 모르겠어.』

『스이도 모르겠어~.』

미동도 하지 않는 페르의 뒤에서 우리는 염화로 수군거렸다.

왜 저러는 걸까, 하고 있던 중에⋯⋯.

"쿠와오오오오오."

"뭐, 뭐야?"

『케엑, 저건 블랙 드래곤(흑룡)이잖아!』

검은 바위의 뒤에서 튀어나온 그것을 가장 먼저 알아본 드라 짱이 염화로 외쳤다.

"브, 블랙 드래곤이라고?!"

눈에 힘을 주자 거대한 검은 바위 앞에는 불길할 만큼 새까만색을 띤 용이 있었다.

"페르는 저걸 경계하고 있었던 건가?!"

『이봐, 일 났어. 전에 사냥했던 레드 드래곤. 그 녀석도 드래곤종(種) 중에서는 영역에 대한 집착이 강했지만, 블랙 드래곤은 그보다 더 심하다고. 게다가 레드 드래곤과 블랙 드래곤 사이에는 결정적인 차이가 있어. 블랙 드래곤은 드래곤종 중에서도 무진장 강하다고.』

드라 짱의 말에 따르면, 분하지만 드라 짱 혼자서는 블랙 드래곤에 크게 못 미칠 것이라고 한다.

『게다가 말이야, 이건 나도 들은 이야기인데. 블랙 드래곤은 자신이 가진 마력의 대부분을 사용해서 즉사급 저주를 쓸 수 있대.』

"즈, 즉사급 저주?!"

『네가 가지고 있는 그 펜던트가 이 던전에서 나온 것도 최종 계층에 블랙 드래곤이 나오는 거랑 관련이 있었을지도 몰라.』

드라 짱의 말을 듣고 퍼뜩 정신을 차리고 가슴에 자리한 펜던트 위에 손을 올렸다.

39계층의 숲속, 개미집을 섬멸했을 때 나온 보물 상자에서 얻은 해주(解呪)의 펜던트.

어떤 주술이든 한 번은 무효화해주는 매직 아이템이다.

내가 가진 신들의 가호(소)가 중복되어 일반 가호와 동등한 효과를 낼 것이라는 이야기는 언뜻 들었지만, 솔직히 말해서 무진장 무섭다.

그런고로 일단 가호(소)만 있는 내가 가지고 있기로 했었지.

한 번만 쓸 수 있는 일회용 아이템이기는 해도 이걸 얻고 나서 그나마 내 마음이 좀 편해졌다.

아무튼 아주 조금 마음에 여유가 생기기는 했지만 블랙 드래곤이 강적이라는 사실에는 변함이 없다.

"그래서, 어쩔 거야? 저 블랙 드래곤이 최종 계층의 보스란 소리잖아? 뭔가 싸우고 싶어 안달이 난 듯한 분위기인데, 저거?"

여유가 넘치는 듯하면서도 절대로 우리를 놓치지 않겠다는 기개가 전해져 왔다.

앞발을 쿵쿵 내디디며 "캬오캬오" 소리를 지르는 모습은 '어서 덤벼라'라고 말하고 있는 듯이 보였다.

『어쩌긴, 저게 이곳의 보스라면 싸울 수밖에 없잖아.』

『저 드래곤, 강할 것 같아. 하지만 스이가 힘내서 해치울 거야!』

드라 짱과 스이는 의욕이 넘쳤다.

하지만 트리오 중에서 가장 높은 전투력을 자랑하는 페르는 아직도 침묵을 지키고 있었다.

"이봐, 페르, 어쩔 거냐니까?!"

입을 다문 채 움직이지 않는 페르를 보고 애가 타서 그렇게 물은 직후.

흠칫——.

검고 커다란 무언가가 직격해서 블랙드래곤이 날아갔다.

그렇게 날아간 블랙 드래곤은 동굴 벽에 부딪혀 쿵, 하고 떨어졌다.

떨어진 블랙 드래곤은 움찔움찔 경련했는데, 아무리 봐도 빈사 상태였다.

너무도 갑작스러운 광경에 나와 드라 짱은 할 말을 잃고 입을 쩍 벌리고 있었다.

스이도 메탈 슬라임*이라도 된 건가 싶을 정도로 뻣뻣하게 굳

---

* 일본의 RPG 〈드래곤 퀘스트〉 시리즈에 등장하는 몬스터. 이름 그대로 온몸이 금속으로 되었다.

었다.

『시끄럽게 하지 말라고 몇 번을 말해야 알겠느냐. 멍청한 놈 같으니.』

중저음의 목소리가 귀에 들려왔다.

『후하하하하하, 이 목소리는 역시 너인가. 블랙 드래곤을 갓난아기 다루듯 일격으로 전투불능 상태로 만들다니, 조금은 강해진 것 같군, 영감.』

"페, 페르?"

무슨 일이 일어나고 있는지 도무지 알 수가 없어서 나와 드라짱과 스이는 쩔쩔매고만 있었다.

『흠, 나를 영감이라 부르는 그 목소리는…….』

또다시 중저음의 목소리가 울렸다.

그리고…….

"어? 뭐야?"

동굴 중앙에 있던 거대한 검은 바위라 생각했던 것이 움직이기 시작했다.

뒤쪽을 보고 있던 그게 천천히 움직여 우리가 있는 쪽을, 정면을 바라보았다.

거대한 검은 바위라 생각했던 그것은 블랙 드래곤이 어린애처럼 보일 만큼 초거대한 드래곤이었다.

"드, 드드드, 드래곤……."

그 압도적인 크기와 존재감에 나도 모르게 다리가 풀려서 엉덩방아를 찧고 말았다.

『에인션트 드래곤(고룡)이다…….』

『엄~청 큰 드래곤이야~…….』

"저게, 에인션트, 드래곤……."

데미우르고스 님이 말씀하신 최하층에 있다는 게 이거였어~~?!

역시 오지 말 걸 그랬다는 생각이 들어서 나는 엄청나게 후회
했다.

에인션트 드래곤의 출현에 넋이 나간 나와 드라 짱과 스이는 아
랑곳 않고, 페르와 에인션트 드래곤이 대화를 나눴다.

『언젠가 보았던 펜리르인가. 이런 곳에서 만날 줄이야.』

『후하하, 그 언젠가 했던 싸움을 계속해 보자고.』

사나운 표정을 지은 채 페르가 그렇게 말했다.

『크하하하하하하. 그때의 싸움을 계속하자고? 좋지. 나도 자는
게 질리기 시작한 참이라 말이다. 운동을 겸해서 상대해주도록
할까.』

에인션트 드래곤도 페르의 도발에 응해 의욕을 내보였다.

당장에라도 싸움을 시작할 듯한 두 마리의 모습에 나는 몸을 벌
벌 떨었다.

"저, 저기, 페르랑 에인션트 드래곤이 싸움을 벌이기 시작하면,
우리는 무사할까?"

굳어진 얼굴로 드라 짱을 바라보며 그렇게 물어보았다.

『그, 글쎄? 페르의 결계가 에인션트 드래곤의 공격을 견딜 수
있다면 괜찮겠지만. ……뭐, 아무리 그래도 무리겠지.』

"그렇겠지~? ……가만, 정말 어쩔 거야?! 페르의 결계도 소용

이 없다면 우리를 지켜줄 게 아무것도 없다는 뜻이잖아! 게다가 문도 닫혀서 안 열리니 도망칠 곳도 없고!"

페르의 결계는 거의 만능이라 할 수 있었지만, 페르와 싸워서 비길 정도의 실력을 지닌 녀석의 공격까지 상정했을 리는 없다.

애초에 그런 결계를 만들면 마력이 얼마나 필요할지 모를 일이다.

아무리 마력이 풍부한 페르라도 당연히 그런 건 무리일 거다.

결계가 무리라면 도망치고 싶었지만, 최종 계층의 문은 닫힌 채 꿈쩍도 안 했다.

"뭐, 뭔가 당장에라도 싸움을 시작할 것 같은데, 어, 어, 어쩌지? 어쩌지?!"

『그, 그런 거 나한테 묻지 마! 나도 어쩌면 좋을지 모르겠으니까!』

페르와 에인션트 드래곤, 마치 괴수 같은 두 마리의 싸움이 시작되면 우리에게도 피해가 미칠 것 같은 정도가 아니라 피해를 입을 게 뻔해서 나와 드라 짱은 쩔쩔맸다.

『그, 그래! 네가 가서 말리고 와!』

"뭐어? 어, 어째서 내가 가야 하는데?!"

이 마당에 와서 드라 짱이 뜬금없이 그런 소리를 하는 바람에 나도 울컥할 수밖에 없었다.

『어째서긴, 네가 주인이잖아! 사역마인 페르의 주인은 너니까, 말리는 것도 네 역할이라고~!』

"무슨 소리야, 그게~! 이럴 때만 주인 취급하지 말라고오!"

『주인인 건 사실이니 어쩔 수 없잖아! 빨리 가서 말리고 오라고. 빨리 안 말리면 우리 모두 무사하지 못할 거야!』

"그런 소릴 한들, 저런 녀석들 사이에 어떻게 끼어들라고~! 그래! 꼭 가야 한다면 드라 짱도 같이 가자! 응, 그게 좋겠어!"

『뭐어? 왜 내가 가야 하는데~! 절대로 안 갈 줄 알아!』

그런 식으로 나와 드라 짱이 옥신각신하고 있자…….

『페르 아저씨도, 드래곤 아저씨도, 싸우면 안 돼~~~!!!』

일촉즉발의 대치 상태에 있던 페르와 고룡 사이에 스이가 끼어들었다.

"스이?!"

어느샌가 터무니없는 곳에 끼어든 스이를 보고 경악했다.

『뭐냐, 이 쬐그만 슬라임은.』

『내 동료다. 손대지 마라. ……스이, 위험하니까 물러나 있어라.』

『스이, 안 비킬 거야! 페르 아저씨도, 드래곤 아저씨도, 싸우면 안 돼! 주인이 곤란해하잖아! 주인을 곤란하게 하면 안 된다구~!!!』

"스이야……."

나를 위해 페르와 에인션트 드래곤을 상대로 겁도 없이 씩씩대고 화를 내는 스이의 모습에 나는 눈물을 찔끔 흘렸다.

『주인?』

에인션트 드래곤이 의아하다는 듯한 목소리로 말했다.

『우리는 저기 있는 인간의 사역마다. 인간의 옆에 있는 픽시 드래곤도 우리와 같은 사역마고.』

페르가 그렇게 설명하자 에인션트 드래곤의 위협적으로 생긴 머리가 이쪽을 바라보았다.

압도적인 존재감을 지닌 에인션트 드래곤의 시선을 받자 오금이 저려왔다.

드라 짱도 옆에서 뻣뻣하게 굳어버렸다.

『나와 비겼던 네가 저 왜소한 인간의 사역마라?』

에인션트 드래곤의 눈에 인간은 모두 왜소해 보이겠지.

그나저나 새삼스러운 이야기지만 페르가 말했던 대로 에인션트 드래곤님도 인간의 언어를 유창하게 구사하네.

어라?

근데 스이의 염화는 어째서 에인션트 드래곤에게 통하는 거지?

분명 염화는 주인인 나와 사역마인 페르와 드라 짱과 스이 사이에서만 통할 텐데…….

뭐, 뭐어, 상대는 에인션트 드래곤이니까.

페르가 영감이라고 부를 정도니 1000살도 더 된 페르보다 훨씬 나이가 많을 테고, 그래서 그런 걸 할 수 있는 건지도 모른다.

현실도피로 두서없는 생각을 하고 있자, 거대한 동굴에 중저음의 웃음소리가 울려 퍼졌다.

『크아하하하하하핫.』

에인션트 드래곤이 앞발을 구르며 웃고 있었다.

『너, 펜리르가 인간의 사역마라고? 크하하, 거짓말을 하려면 좀 더 그럴싸하게 해라.』

에인션트 드래곤님, 왜 당연히 거짓말일 거라 생각하시는 건지?

사실인데요.

사역마가 된 경위는 좀 그렇기는 하지만.

『흥, 거짓말 같다면 마음대로 생각해라. 저 녀석의 가치를 전혀 모르는 영감이 어떻게 생각하건 상관없으니.』

『인간의 가치라?』

그렇게 말하더니 에인션트 드래곤이 나를 엄청나게 빤~히 쳐다보았다.

"아니, 저기……."

박력 넘치는 눈빛에 나는 엉겁결에 시선을 피하고 말았다.

에인션트 드래곤의 얼굴은 소심한 저의 심장에 좋지 않거든요?

『드래곤 아저씨, 있잖아~ 주인이 만든 밥은 엄~청 맛있어! 주인이 만든 밥이 맛있어서 사역마가 된 거라고 페르 아저씨가 전에 그랬어~.』

『이 녀석 스이, 그 영감한테 가르쳐줄 필요는 없다.』

냉큼 사정을 말하고 만 스이를 페르가 가볍게 혼냈다.

『밥이라면 음식을 말하는 게냐? 그럼 뭐냐, 너 정도 되는 자가 고작 밥 때문에 왜소한 인간의 사역마가 되었다고?』

에인션트 드래곤님, 당신이 보시기엔 그렇겠지만 자꾸 왜소하다고 말하지 말아주시겠어요?

『그게 뭐 어쨌다는 거지? 고작 밥이라 했지만, 밥 없이는 못 산다. 이왕 먹을 거면 맛있는 밥을 먹는 게 당연히 훨씬 낫지. 뭐, 맛도 모르는 영감에게 말해봐야 소용없겠지만.』

살짝 무시하는 투로 페르가 그렇게 말하자 에인션트 드래곤이 펄쩍 뛰었다.

『무슨 소릴 하는 게냐. 나만한 미식가 드래곤이 어디 있다고.』

『흐응, 미식가라니 웃기지도 않는군. 보나마나 날고기만 먹고 있을 거면서.』

저기, 페르 씨.

날고기만 먹고 살았던 걸로 치면 나를 만나기 전의 당신도 마찬가지였던 것 같은데요.

엄청나게 딴죽을 걸고 싶었지만 내게는 에인션트 드래곤과 펜리르의 대화에 끼어들 용기가 없다고.

『뭣, 핏기가 도는 날고기를 먹는 것보다 맛있게 먹는 법이 있을 리가 없지 않으냐.』

『하, 그 정도 수준으로 미식가를 자칭하다니 가소롭군. 그나저나 날고기가 가장 맛있다고 지껄이다니. 뭐, 영감하고는 상관없는 이야기인가.』

『끄으으응.』

분한 듯이 페르를 쳐다보던 에인션트 드래곤이 퍼뜩 무언가를 알아챈 듯 다시 내 쪽으로 시선을 돌렸다.

『과연, 그래서 저 인간이 필요한 것이로군. 저 인간이 날고기 이상으로 맛있는 밥을 먹여주는 것이야.』

으음~ 뭔가 에인션트 드래곤이 날 조준하고 있는 듯한 기분이 드는데……

『이봐라, 왜소한 인간이여. 펜리르가 맛있다고 지껄이는 밥을 내게도 내놓아 보아라!』

내놓아 보아라! 라니, 어, 이거 어떻게 해야 하지?

내가 쩔쩔매고 있자…….

『내놓긴 뭘 내놔. 뭐라도 되는 것처럼 굴기는. 영감한테 줄 밥은 없다! 애초에 이 녀석의 사역마도 아닌 영감이 밥을 내놓으라니, 뻔뻔한 것도 정도껏이어야지.』

아니, 맞는 말이기는 한데, 페르도 남 말할 처지는 아니거든?

너야말로 뭐라도 되는 것처럼 굴고 있거든?

『흠, 그렇게 쩨쩨하게 굴면 밥을 내놓을 때까지 너와는 싸우지 않을 게다!』

『어째서 그렇게 되는 건데?!』

『네가 쩨쩨한 소릴 하지 않았느냐. 나와 싸우고 싶다면 거기 있는 인간이 만든 밥을 나에게도 내놓거라.』

『크으윽, 이전 싸움의 결판을 내주겠다고 하지 않았나!』

『흥, 알 게 뭐냐.』

……뭘까.

에인션트 드래곤과 페르가 우리의 눈앞에서 밥을 내놓으라느니 못 내놓겠다느니 하는 일로 싸우고 있다.

두 거물이 시답잖은 일로 말다툼을 벌이는 걸 보고 있자 순식간에 맥이 빠졌다.

그나저나 에인션트 드래곤도 펜리르도 전설로 일컬어지는 존재인데 이런 시답잖은 일로 언성을 높여가며 싸우다니, 실망이야.

실망한 건 내 옆에 있던 드라 짱도 마찬가지인지…….

『뭐야~ 에인션트 드래곤이 이런 녀석이었어……?』

염화로 조용히 그렇게 중얼거리고 있었다.

뭔가 보면 볼수록 실망스러운 두 거물이었다.

실망스러운 눈으로 에인션트 드래곤과 페르를 보고 있자 페르가 패자의 뒷말처럼『흥, 싸울 생각이 없다면 마음대로 해라』라는 말을 남기고 이쪽으로 돌아왔다.

"페르, 어쩔 거야?"

『어쩌기는, 아무것도 안 할 거다.』

"너무 화내지 마. 짜증이 난 건 알겠지만 좀 진정하라고."

　에인션트 드래곤과의 대화로 화가 잔뜩 난 페르를 달랬다.

『그래, 맞아. 게다가 아무것도 안 하면 여기서 지상으로는 어떻게 돌아가려고? 왔던 길로 돌아갈 거야? 우리라면 못할 건 없지만 전이석이란 걸 쓸 수 있는 40계층까지 돌아가려면 꽤 귀찮을 거라고.』

　드라 짱의 말도 일리가 있었다.

　40계층에서 이곳, 최하층까지 올 때도 순조롭게 온 정도가 아니라 상당히 빠른 페이스로 왔던 우리 일행조차도 상당한 시간이 걸렸었다.

　아마도 이곳에서 지상으로 돌아가는 전이 마법진이 있을 거다.

　그걸 사용하면 곧장 지상으로 나갈 수 있겠지만…….

"저기, 애초에 이 최종 계층의 보스는 저 블랙 드래곤 아니야?"

　나는 큰 대미지를 입고 아직도 벽 근처에서 움찔움찔 경련하고 있는 블랙 드래곤을 보며 그렇게 말했다.

『그렇겠지.』

『음. 저 영감과는 밖에서 만났으니 이곳의 보스일 리는 없지.』

"그렇다면 말이야, 저 블랙 드래곤을 쓰러뜨리면 전이 마법진이 나타나지 않을까?"

지금까지 갔던 드랭과 에이블링 던전은 그런 식이었잖아.

『그렇다 쳐도 저 영감이 순순히 사용하게 해줄 것 같으냐?』

페르가 그렇게 말하며 얼굴을 찌푸렸다.

"아아, 듣고 보니~."

『있지있지, 주인. 스이, 배고파~.』

페르와 함께 이쪽으로 돌아와 있던 스이가 그런 소리를 했다.

"스이, 지금 중요한 이야기 중이니까 조금만 기다려."

그렇게 스이에게 말한 후, 단순하지만 좋은 생각이 났다.

"있잖아, 페르는 내가 만든 밥을 안 주겠다고 버텼지만, 먹고 싶다는 에인션트 드래곤한테 그냥 줘버리면 마음이 좀 누그러지지 않을까? 그러면 전이 마법진도 쓰게 해줄지도 모르잖아."

『아니아니, 안 된다, 절대로 안 돼!』

제안해 봤지만 페르가 곧장 퇴짜를 놓았다.

『가만 흠, 밥이라······.』

페르가 뭔가 흉계를 꾸미는 듯한 얼굴로 생각에 잠겼는데······.

『후하하하하하, 좋아, 밥을 먹자.』

"뭐? 밥이라니······."

스이에게 기껏 기다리라고 말해뒀더니 갑자기 밥을 먹자는 페르의 말에 나는 당황했다.

『스이, 배고프지 않으냐?』

『응, 배고파~.』

『드라는 어떻지?』

『뭐, 고프기는 하지.』

『어이, 그렇다고 하니 밥을 먹자.』

"그런 소릴 한들, 이 상황에서 그러자는 의미를 모르겠는데."

『앙갚음이다.』

"앙갚음~?"

『그래. 저 영감의 눈앞에서 호화스럽고 맛있는 밥을 먹어 골려 주는 거다.』

"뭐어? 그게 무슨 소리야."

『무슨 소리긴, 말 그대로의 의미다만.』

"아니아니, 무슨 뜻인지는 알겠어. 하지만 그건 너무 짓궂지 않아?"

먹을 것에 관한 원한은 무시무시하다고들 하잖아.

『무슨 소릴 하는 거냐. 저 영감이 훨씬 더 심술궂거늘. 그래, 추가로 식욕을 자극하는 냄새가 나는 음식이 좋겠다. 후후후후후후.』

뭔가 페르가 사악하게 웃고 있는데.

뭐, 주문한 대로 만들기야 하겠지만.

에인션트 드래곤에게는 내가 몰래 나눠주기로 하고.

그나저나 호화스럽고 맛있고 식욕을 자극하는 냄새가 나는 요리라.

개인적으로 식욕을 자극하는 냄새는 역시 마늘향이라고 생각한단 말이지.

그렇다면, 역시 그것밖에 없으려나.

◇ ◇ ◇ ◇ ◇

식욕을 자극하는 마늘향, 그리고 트리오가 아주 좋아하는 고기 요리라 하면 역시 이거 아니겠어?

"역시 갈릭 스테이크가 제일일 것 같단 말이지."

심플 이즈 베스트.

조리하기도 간단하고 무엇보다도 고기를 실컷 먹을 수 있어 만족도도 높고 호화스럽다.

고기는 어떤 걸로 할까?

그런 생각을 하며 페르와 드라 짱과 스이를 보았다.

마늘향을 맡으면 육식 애호 트리오의 식욕이 최대로 치솟을 거다.

게다가 에인션트 드래곤도 있다.

그나저나 저렇게 거대한 에인션트 드래곤한테는 요리를 얼마만큼 나눠줘야 하지?

어째 지금 내 아이템 박스에 들어 있는 대량의 고기 재고도 단숨에 먹어치워 버릴 것 같긴 한데……

뭐, 뭐어, 전부 다 쓸 수는 없으니 재고가 많은 고기를 쓰는 게 좋겠지?

호화스럽고 맛있는 고기면 드래곤 고기도 좋을 것 같지만, 아무래도 양이 모자라단 말이지.

양과 맛을 다 고려하자면, 역시 기간트 미노타우로스 고기가 좋으려나.

그리고 던전 소, 그것도 상위종의 고기.

호화스럽게 하라는 게 페르의 주문이었으니 둘 다 쓰는 것도 괜찮을 것 같고.

좋아, 기간트 미노타우로스 고기와 던전 소의 상위종 고기를 써서 갈릭 스테이크를 만들자.

겸사겸사 갈릭 라이스도 만들어야지.

이건 내가 먹고 싶은 거지만.

메뉴를 정했으니 마도 버너를 꺼내 조리 개시다.

우선 기간트 미노타우로스 고기와 던전 소의 상위종 고기를 꺼내 힘줄을 제거한다.

기간트 미노타우로스 쪽은 거의 필요 없지만 던전 소 쪽은 해둘 필요가 있다.

그런 다음에는 고기 표면에 소금 후추를 골고루 뿌린다.

이 소금 후추는 이전에 인터넷 슈퍼에서 산 미네랄이 듬뿍 든 천일염과 페퍼밀로 갈아서 쓰는 흑후추다.

고기 준비가 끝나면 마늘을 얇게 썰어 프라이팬에 식용유와 얇게 썬 마늘을 넣고 약불로 볶는다.

식용유에 마늘향이 충분히 배어나고 마늘이 바삭바삭하게 익으면 마늘을 건져낸다.

그다음에는 마늘을 건져낸 프라이팬을 강불로 가열하며 고기를 구워 나간다.

가장 먼저 기간트 미노타우로스 고기를 굽는다.

눌어붙지 않도록 프라이팬을 흔들면서 고기를 굽되, 가볍게 색이 변하면 중불로 바꿔서 먹음직스럽게 익을 때까지 구워 나간다.

고기를 뒤집어 마찬가지로 프라이팬을 흔들며 취향에 맞게 구우면 완성이다.

프라이팬에서 올라오는 마늘향과 고기 굽는 냄새가 식욕을 자극해서 무심결에 침을 꼴깍 삼켰다.

『어, 어이, 아직이냐?』

그런 말소리가 들려서 돌아보니 페르와 드라 짱은 침을 질질 흘리고 있고 스이는 푸들푸들 몸을 떨며 안절부절못하고 있었다.

고기를 빼낸 프라이팬으로 갈릭 라이스를 만들려 했지만 그럴 여유는 없을 것 같다.

일단 다 구워진 기간트 미노타우로스 갈릭 스테이크에 마늘칩을 얹어 내주었다.

"여기. 기간트 미노타우로스 갈릭 스테이크야."

트리오 멤버들은 기다렸다는 듯이 달려들었다.

아니, 페르 씨, 한입에 꿀꺽하지 말라고.

『맛있군! 팍팍 구워라, 팍팍.』

『캬아~ 맛있는데?! 마늘이라고 했던가? 이거의 풍미가 고기랑 끝내주게 잘 어울려! 페르의 말대로 팍팍 구우라고, 팍팍.』

『고기 맛있어~! 스이, 더 먹을래~!』

던전 안을 탐험하고 돌아다닌 뒤라 그런지 마늘향을 맡고 식욕이 제대로 폭발한 먹보 트리오의 재촉을 받으며 차례로 갈릭 스테이크를 구워 나갔다.

던전 소의 상위종 고기도 굽고, 소금 후추로만 간을 하면 질리지 않을까 싶어서 버터를 넣은 구운 마늘 버터 풍미 스테이크와 마늘 풍미의 스테이크 소스를 끼얹은 것도 내놓았다.

쉴 새 없이 내놓아도 먹보 트리오는 순식간에 그릇을 비워버려서 바쁘기 그지없었다.

마늘향을 맡고 식욕이 폭발한 것은 페르 일행뿐이 아니었다.

나도 더는 참을 수가 없어서 갈릭 스테이크를 주워 먹으며 페르 일행의 몫을 구워 나갔다.

"자, 다 됐어. 마늘 버터 풍미야."

『음, 이것도 맛있군.』

『이 마늘 버터 풍미라는 것도 감칠맛이 있어서 맛있는걸.』

『스이, 이거 좋아~!』

식욕이 가라앉지 않는지 먹보 트리오는 계속해서 갈릭 스테이크를 우걱우걱 먹었다.

『좋아, 다음이다, 다음.』

"나 참, 천천히 좀 먹으라니까~."

『……이 녀석들~!!!』

중저음의 목소리가 갑자기 버럭 화를 냈다.

바빠서 깜박 잊고 있었지만 에인션트 드래곤이 있었지.

쭈뼛거리며 에인션트 드래곤을 보자 침을 폭포수처럼 흘리며 이를 드러낸 채 있는 대로 화를 내고 있었다.

에인션트 드래곤이 그렇게 화를 내도 어디서 개가 짖냐는 듯이 페르는 『뭐지? 시끄럽군』이라고 대꾸했다.

『시끄럽다니! 푸슈우우우, 후오오오오, 푸슈우우우, 후오오오

오…… 이렇게 맛있는 냄새가 나는 걸 너희끼리 먹다니, 치사하지 않으냐! 내게도 내놓아라!』

거칠게 콧김을 내뿜음과 동시에 갈릭 스테이크 냄새를 맡으며 에인션트 드래곤이 고함을 쳤다.

『흥, 뭐가 치사하다는 거냐. 그런 소릴 들을 이유가 없다. 이 녀석의 사역마인 우리가 이 녀석이 만든 밥을 먹는 게 뭐가 문제라는 거지? 애초에 이 녀석의 사역마도 뭣도 아닌 영감이 이 녀석이 만든 밥을 내놓으라고 하는 거야말로 말도 안 되는 일이다. 그럴 권리가 없으니까!』

에인션트 드래곤에게 자랑이라도 하듯 갈릭 스테이크를 우걱우걱 먹은 후, 으스대는 얼굴로 페르가 반박했다.

『빠드드드드드드득.』

그런 페르를 보고 에인션트 드래곤은 이를 갈며 분통을 터뜨렸다.

보고 싶지 않았는데에…….

에인션트 드래곤의 이런 모습은.

에인션트 드래곤이라 하면 막연하게 뭔가 굉장한 전설의 드래곤일 것이라는 환상을 갖고 있었는데, 실제로 만나 보니 밥을 주니 마니 하는 일로 싸우질 않나, 이를 갈며 분해하질 않나…….

환상이 와르르 무너지고 있다.

하지만 이 갈릭 스테이크의 냄새만 맡고 못 먹게 하는 건…….

어째 불쌍한 것도 같으니까.

"저기 페르, 그렇게 고집스럽게 안 주겠다고 버틸 필요는 없지 않을까? 조금만 나눠주자."

『인간, 말 잘했다! 너는 제법 말이 통하는 녀석이로구나!』

내 말에 에인션트 드래곤이 반색을 했다.

『무슨 소릴 하는 거냐, 너는 너무 무르다! 애초에 저렇게 커다란 영감이 조금만 먹고 말 리가 없지 않으냐. 우리가 조달한 고기를 전부 써버렸다가는 가만 안 둘 거다.』

『그건 나도 좀 싫은데.』

『어어~? 고기, 드래곤 아저씨가 전부 먹어버리는 거야~?』

페르가 에인션트 드래곤이 고기를 전부 먹어치울지도 모른다고 말하자 드라 짱과 스이도 불만스러운 표정을 지었다.

"아니, 그야 그렇지만⋯⋯."

분명 몸집이 크긴 하니까.

페르 일행과 비슷한 양 정도는 어떻게든 되겠지만, 그걸로 만족할지 어떨지.

『끄응, 이 몸이 문제인 게냐? 분명 이 상태의 몸으로는 많이 먹어야 하지. 허나 그게 문제라면 해결책은 있다. 잘 보아라.』

에인션트 드래곤이 그렇게 말한 후, 몸 전체가 순간적으로 번쩍 빛나는가 싶더니 그 몸이 슈슉 줄어들었다.

그리고 최종적으로 페르와 비슷한 크기가 되었다.

"오, 크기를 바꿀 수 있는 거야?"

작아진 에인션트 드래곤을 보고 나는 엉겁결에 눈이 휘둥그레져서 말했다.

필드형 계층이라면 모를까, 그 이전에 있던 계층을 이 거대한 몸으로 어떻게 지나왔을지 궁금하기는 했었다.

이 던전은 넓기는 해도 필드형 계층으로 나오기 이전 계층의 통로는 저 거대한 몸으로 도저히 통과할 수 없을 것 같았거든.

아하, 이 크기로 변해서 여기까지 온 거구나.

『영감, 그런 재주도 있었던 건가…….』

에인션트 드래곤이 작아질 수 있다는 것은 페르도 몰랐는지 입을 쩍 벌린 채 놀라고 있었다.

『에인션트 드래곤은 저런 것도 할 수 있는 거야……?』

같은 드래곤종인 드라 짱도 놀란 눈치다.

『후흥, 어떠냐? 이러면 문제없겠지?』

페르와 비슷한 크기가 된 에인션트 드래곤은 의기양양하게 그렇게 말했다.

『와아~ 드래곤 아저씨, 스이랑 똑같아~! 스이도 있지, 커졌다가 작아졌다가 할 수 있어~! 보여줄게!』

그렇게 말하더니 스이가 푸들푸들 몸을 떨며 커지려 하기에 허둥지둥 제지했다.

"와와와왁, 스이, 알겠어! 스이가 커졌다가 작아졌다가 할 수 있다는 건 충분히 잘 알고 있으니까 지금은 하지 말자!"

그러자 스이는『주인이 그렇다면 안 할게~』라고 하며 멈춰 주었다.

스이가 차한 애라 정말 다행이야.

에인션트 드래곤 때문에 정신이 없는 지금, 스이가 거대화했다가 원래대로 돌아오면서 분열체를 만들면 더더욱 정신이 없어질 것 같거든.

『좋아, 인간. 작아졌으니 나에게도 그걸 내놓아라.』

『잘난 척은. 영감은 네 사역마도 뭣도 아니니 원래는 먹게 해줄 필요가 없다.』

『흥, 그야 인간이 결정할 일이지. 인간이여, 내게도 먹게 해줄 테지? 으응?』

"아, 알겠어요. 조금만 기다리세요."

작아졌다고는 해도 그 박력 넘치는 드래곤의 얼굴로 압박하지 말라고.

추가로 에인션트 드래곤에게 줄 갈릭 스테이크를 굽고 있자 페르가 『너는 너무 무르다. 물러터졌어』라고 투덜댔지만 못 들은 척 했다.

"여기 있습니다."

다 구워진 갈릭 스테이크를 에인션트 드래곤에게 내주었다.

당연히 페르와 드라 짱과 스이의 앞에도 추가 갈릭 스테이크를 내놓았다.

에인션트 드래곤은 신이 나서 갈릭 스테이크에 달려들었다.

고기를 씹어서 꿀꺽 삼킨 후, 에인션트 드래곤이 바들바들 몸을 떨기 시작했다.

"어? 왜 그래요? 맛이 없어요?"

에인션트 드래곤의 미각에는 안 맞나 보다, 싶어서 초조해졌다.

『맛있어어어어어어어어어!!!』

에인션트 드래곤이 중저음의 목소리로 느닷없이 외쳤다.

『뭐, 뭐냐, 이건! 이렇게 맛있는 것이 이 세계에 있었던 건가?!』

눈이 휘둥그레져서 에인션트 드래곤이 그렇게 말하자 페르가 후후, 하고 대담하게 웃었다.

『내가 말했을 텐데. 이 녀석이 만드는 밥은 맛있다고. 하지만 영감이 이 녀석의 밥을 먹을 수 있는 건 이게 처음이자 마지막이다. 실컷 맛봐 두도록.』

『처음이자 마지막이라고? 어째서냐?!』

『어째서긴, 당연한 걸 묻는군. 몇 번이나 말했듯이 영감은 이 녀석의 사역마도 뭣도 아니니 이 녀석이 만든 밥을 먹을 수 있을 리가 없지 않으냐.』

『뭣이이?! 그렇다면 되마, 나는 이 녀석의 사역마가 되겠다!』

어? 뭐라는 거야?

사역마는 먹보 트리오만으로 충분하다고!

에인션트 드래곤을 사역마로 삼는다는 게 말이나 돼?

노 땡큐거든?

『무슨 소릴 하는 거지? 당연히 안 되지! 애초에 영감은 너무 변덕스러워서 사역마로 부적합하다. 이전에 나와 싸웠을 때도 잠깐 자다 일어났다는 식으로 말했지만 알고 보니 그 잠깐이 20년이었지. 이곳에 있었던 목적도 자는 것이었지? 심지어 잠깐도 아니었던 것 같고. 그렇다면 여기에는 한 50년 있었나? 아니면 60년?』

으아~ 수십 년 단위로 잠을 잔다니…… 페르의 말대로 사역마로 삼는 건 무리일 것 같은데.

『큭…… 이곳에 온 건 너와 싸우고 얼마쯤 지난 뒤다. ……다른
대륙에 갔다가 이쪽으로 돌아와서 어슬렁거리다가………… 100,
아니, 200년 정도 잤나?』

성실하게도 에인션트 드래곤이 나직한 목소리로 그렇게 답했다.

『어이가 없군. 거의 200년이나 자고 있었다니.』

『크윽…… 뭐, 뭐어, 그렇게 됐구나. 하, 하지만, 이번에는 충분
하고 남을 만큼 잤다. 그 덕에 당분간은 잘 필요가 없을 정도란
말이다.』

『그게 뭐 어쨌다는 거지? 분명히 말해두겠는데 이 녀석은 창조
신님의 가호를 지녀서 수명이 1500년 정도 된다. 변덕스러운 영
감이 그동안 사역마 노릇을 할 수 있을 리가 없지 않으냐.』

『끄응~ 1500년이라, 그럭저럭 길군. 확실히 그 기간 내내 따
르기는 좀……. 하지만 인간이 만든 맛있는 밥도 포기하고 싶지
않고.』

에인션트 드래곤이 끄응끄응 신음하며 고민했다.

『영감에게는 무리니 포기해라.』

『아니, 포기 못 한다! 인간이여, 300년, 일단 300년 동안만 임
시 사역마로 삼아줄 수 없겠느냐?』

에인션트 드래곤이 그렇게 말하며 내게 불쑥 얼굴을 들이밀
었다.

"자자잠깐만요, 좀 떨어져서 말하세요!"

『어이, 영감, 이 녀석을 곤란하게 하지 마라!』

『너는 조용히 있어라! 나는 인간에게 묻고 있는 게다! 300년, 300년이다. 괜찮지 않느냐?』

계속해서 가까워지는 에인션트 드래곤의 얼굴을 손으로 막으며 어떻게 대답을 하면 좋을지 모르겠어서 나는 쩔쩔맸다.

"아니, 저기, 그게요……."

『300년, 임시 사역마라고는 해도 에인션트 드래곤인 내가 사역마가 되는 거다. 싫다고 할 수 있을 리가 없지. 안 그러냐?』

잠깐, 그런 식으로 물어보는 건 비겁하잖아.

아니, 진짜 이러지 좀 말라고~.

이런저런 생각을 하다 보니…….

『좋아! 옳지~ 옳지옳지옳지옳지! 후하하하하하, 인간이여, 고맙구나. 이로써 나도 너의 사역마다.』

"뭐? 어? 무슨 소리야?"

『멍청한 녀석, 왜 승낙을 해버린 거냐!』

페르가 호통을 치기에 나는 어안이 벙벙해졌다.

『하아, 모르는 것 같군. 영감이 너의 임시 사역마가 되어버렸다.』

"뭐? 어? 어째서?!"

『너, 이제 아무래도 좋아, 따위의 생각을 했지? 그 결과가 이거다. 확고한 마음가짐으로 딱 잘라 거절했으면 됐을 것을……. 하여간 겁은 많아서.』

페르가 고개를 푹 숙이며 그렇게 말했다.

겁이 많다는 말에는 반론하고 싶었지만 난감하게도 페르의 말이 맞아서 받아칠 말이 없었다.

『자자자자, 앞으로는 나도 동료이니 사이좋게 지내보자꾸나. 뭐, 나는 임시 사역마이지만 말이지. 크아하하하하하.』

그렇게 속 편하게 웃지 말라고.

이렇게 임시 사역마라고는 해도 에인션트 드래곤이 300년 동안 우리 일행과 함께하게 되었다.

◇ ◇ ◇ ◇ ◇

『으음~ 그나저나 이 갈릭 스테이크라는 것은 정말로 맛있군 그래.』

마늘 풍미 스테이크 소스를 뿌린 던전 소의 상위종 고기를 꿀꺽 삼키더니 에인션트 드래곤이 진지한 투로 그렇게 말했다.

『흥, 이 녀석을 보고 왜소한 인간이라며 무시했던 주제에. 약삭빠르게 사역마가 되기로 하니.』

새로 동료가 된 에인션트 드래곤을 노려보며 페르는 소금 후추로 간을 한 정석적인 갈릭 스테이크를 베어 물었다.

『뭐, 너무 짜증 내지 마라. 나는 300년 한정 사역마니. 게다가 내 입장에서 보면 너희야말로 치사하다. 이 녀석의 사역마가 되어서 지금까지 이렇게 맛있는 걸 배불리 먹고 있었던 게지?』

페르와 드라 짱과 스이를 둘러보며 에인션트 드래곤이 그렇게 말했다.

『그야 뭐, 이것저것 먹었지. 요전에 먹었던 백숙이란 것도 맛있었고.』

드라 짱이 그렇게 말하자 페르가 고개를 끄덕이며 동의했다.

『음, 그것도 맛있었지. 담백해서 그대로도 맛있었지만, 유자 후추라는 알싸한 맛이 나는 조미료를 뿌리니 더 맛있었다.』

『그것도 맛있었어~. 주인이 만든 건 전부 다 맛있지만, 스이는 있지~ 그 중에서도 카라아게가 좋아! 바삭하고 촉촉해서 엄청 맛있어~!』

카라아게의 맛이 생각났는지 스이가 기쁜 듯이 통통 뛰어오르며 그렇게 말했다.

『오오, 카라아게 말이지! 그건 나도 좋았어! 스이의 말대로 겉은 바삭하면서 안에선 육즙이 좌악 배어났지. 생각했더니 또 먹고 싶어지네.』

드라 짱, 침 흘리고 있거든?

갈릭 스테이크를 실컷 먹고 있으면서.

『음음, 카라아게는 맛있지. 그건 입 안 가득 넣고 먹으면 더욱 맛있게 느껴진다.』

페르도 드라 짱이랑 마찬가지로 침 흘리고 있거든?

뭐, 카라아게가 맛있기는 하지.

『호오~ 모두가 입을 모아 맛있다고 하는 걸 보면, 그 카라아게라는 것은 정말로 맛있나 보군. 나도 꼭 먹어보고 싶군그래. 주공, 다음 식사 때는 카라아게라는 것을 만들어주게.』

에인션트 드래곤이 그렇게 말하며 다음번 메뉴를 정해버렸다.

애초에 뭐가 주공이라는 거야, 나한테 왜소한 인간이라고 했으면서 약삭빠르긴.

『동의하기는 싫지만, 다음 메뉴를 카라아게로 하는 건 나쁘지 않겠군.』

『다음 메뉴는 카라아게, 괜찮은데? 생각했더니 또 먹고 싶어졌으니까.』

『스이도 카라아게 먹고 싶어~!』

에인션트 드래곤의 주문에 페르와 드라 짱과 스이가 동의했다.

"그래그래, 알았어. 던전에서 나간 다음에."

그나저나…….

"저기, 이제 다들 배부르지? 난 전혀 못 먹었으니까 슬슬 먹을게."

마도 버너를 구사해서 갈릭 스테이크를 몇 장이나 구워 모두가 배를 채울 때까지 먹였으니 이제 그래도 되지?

스테이크를 굽는 도중에 몇 조각 주워 먹은 게 다라 나도 슬슬 배고프거든?

『충분히 먹었으니 나는 이만 됐네.』

『더 먹을 수도 있지만 뭐, 알겠다.』

『나는 이제 배불러.』

『스이도 잔뜩 먹었으니까 됐어~.』

모두의 대답을 듣고서 드디어 제대로 식사에 착수했다.

갈릭 스테이크와는 별개로 기대하고 있던 갈릭 라이스도 만들기 시작했다.

페르 일행이 먹을 갈릭 스테이크를 굽고 나온 고기 기름에 마늘향이 밴 프라이팬을 그대로 사용했다.

버터를 녹이고 약불로 다진 마늘을 볶는다.

마늘향이 올라오면 쌀밥을 넣고 밥알이 풀어지도록 하며 볶고, 밥알이 잘 풀어지면 스테이크에도 사용했던 천일염과 흑후추를 페퍼밀로 갈아서 넣는다.

프라이팬의 절반에 밥을 밀어두고 그 자리에 간장을 부어 전체적으로 맛이 퍼지도록 볶은 다음, 마무리로 소금 후추로 간을 하면 완성이다.

쌀밥을 넣고 나서 강불로 잽싸게 볶는 게 요령이다.

완성된 갈릭 라이스를 그릇에 담고 그 위에 썰어둔 갈릭 스테이크를 얹는다.

"우와, 맛있겠다."

그토록 먹고 싶었던 갈릭 라이스를 갈릭 스테이크와 함께 욱여넣으려던 순간…….

"저기, 다들 충분히 먹었잖아?"

먹보 트리오, 아니, 먹보 콰르텟이 나를 물끄러미 쳐다보고 있었다.

『뭐냐, 그건?』

『맛있는 냄새가 나는군.』

『우리 그건 안 먹었다고.』

『주인 치사해~.』

"아니이니, 이건 쌀밥이야. 다들 고기만 찾았잖아."

그렇게 반론해 보았지만 부러워하는 듯한 눈빛은 사라지지 않았다.

"아아 진짜, 알겠어. 만들면 되잖아, 만들면."

모두에게도 갈릭 스테이크를 얹은 갈릭 라이스를 내주자 마무리 요리라는 듯이 다들 냉큼 먹어치웠다.

나는 모두와 달리 천천히 맛봤지만.

갈릭 스테이크와 갈릭 라이스의 조합은 위험하다 싶을 정도로 너무 맛있었다.

맛있는 밥을 만족스럽게 먹은 후, 먹보 콰르텟은 사이다를(에인션트 드래곤은 생전 처음으로 톡톡 쏘는 음료를 보고 놀랐지만 상당히 마음에 들었는지 벌컥벌컥 마셨다), 그리고 나는 커피를 마시며 한숨을 돌렸다.

『끄억. 이야아, 이 톡톡 쏘는 감각이 끝내주는구먼. 맛도 달달하고 최고구나. 그나저나 마시는 것까지 맛있다니 기가 막히군 그래.』

트림을 하면서도 에인션트 드래곤은 사이다를 맛있게 꼴깍꼴깍 마셨다.

『톡톡 쏘는 음료는 그것뿐이 아니지만 말이지.』

페르가 그렇게 말하자 에인션트 드래곤이『뭣이?!』하고 소란을 떨었다.

『나 원, 그 나이 먹고 소란스럽게 굴긴. 그보다 너, 영감의 이름은 정한 거냐?』

페르의 말을 들으니 아~ 그런 게 있었지, 라는 생각이 들었다.

"역시 내가 이름을 붙여야 하는 거야?"

『임시라고는 해도 너의 사역마가 된 것이니 네가 이름을 지어야지.』

『나의 이름이라. 3000년을 살고서야 이름을 얻게 되니 기분이 묘하군. 하지만 나쁘진 않아. 내게 걸맞은 장엄하고 위엄 있는 이름으로 부탁하네, 주공.』

장엄하고 위엄 있는 이름이라 하신들…….

나는 이런 걸 잘 못한다고.

그나저나 에인션트 드래곤은 3000년이나 살았구나.

페르가 영감이라 부를 만도 해.

그건 그렇고 으음~ 에인션트 드래곤의 이름이라…….

어쩔까 생각하다 보니 사이다를 다 마시고 갈릭 스테이크를 배불리 먹어 배가 빵빵해진 채 벌렁 드러누워 쉬고 있는 드라 짱이 눈에 들어왔다.

드라 짱이라.

픽시 드래곤의 드래곤에서 따서 '드라 짱'이라고 이름을 붙였었지.

에인션트 드래곤도 드래곤이고.

나이 든 에인션트 드래곤이니까 드라 옹(翁)?

아니아니, 드라는 드라 짱이랑 겹치니까 안 되겠어.

그럼 '곤'자를 쓸까.

곤, 곤 옹.

개인적으로는 곤 옹이라는 이름이 에인션트 드래곤에 딱인 것 같은데.

하지만 센스가 없다는 소릴 들은 내가 딱 맞는다고 생각했다는 이야기는 글러먹었다는 뜻 같기도 하고.

애초에 에인션트 드래곤이 바란 장엄하고 위엄 있는 이름은 절대로 아니란 말이지.

안 되지, 안 돼. 장엄하고 위엄 있는 이름, 장엄하고 위엄 있는 이름~…………

틀렸어, 생각을 하면 할수록 곤 옹이라는 이름밖에 안 떠올라.

일단 머리를 한 번 비우고서……

『푸흡, 크하하하하핫. 좋은 이름을 받았군, 영감. 크크크크큭.』

페르가 갑자기 웃음을 터뜨리며 그렇게 말했다.

"어? 설마……."

황급히 에인션트 드래곤을 감정해 보니……

【이름】곤 옹

【나이】3024

【종족】에인션트 드래곤(고룡)

【레벨】1334

【체력】10096(14423)

【마력】14897(21281)

【공격력】9987(14267)

【방어력】10364(14806)

【민첩성】5459(3895)

【스킬】바람 마법, 불 마법, 물 마법, 흙 마법, 얼음 마법, 번개 마법

신성 마법, 결계 마법, 드래곤 브레스 극(極)

에인션트 드래곤의 숨결, 신체 강화, 물리 공격 내성, 마법 공격 내성

마력 소비 경감, 감정

【궁극 마법】 에인션트 드래곤의 혼

"으아~⋯⋯."

곤 옹이라는 이름이 인정되고 말았어.

"이거 분명 사역마로 있는 동안에는⋯⋯."

『음, 안 바뀐다. 곤 옹, 다시 한번 잘 부탁하지. 크크큭, 곤 옹이라니, 영감한테 딱 맞는 이름이로군.』

페르, 웃지 말라고.

아니, 나는 친근감이 드는 좋은 이름이라고 생각하는데 말이야.

당사자인 에인션트 드래곤, 곤 옹은 이름을 확인하자마자 굳어 버렸지만.

『이보시게~ 주공, 너무한 것 아닌가! 장엄하고 위엄 있는 이름이라고 했건만, 이 이름에서는 장엄함과 위엄이 눈곱만큼도 안 느껴지지 않나! 신속한 이름의 변경을 요구하는 바네!』

『억지 쓰지 마라, 곤 옹. 푸흡⋯⋯ 어흠. 이 녀석의 사역마인 한은 바꿀 수 없다는 걸 알고 있을 텐데.』

『하지만 말이다, 곤 옹은 너무하지 않느냐.』

스스로도 센스가 없다는 건 알았고, 분명 장엄하고 위엄 있는 이름은 아니지만⋯⋯.

"곤 옹이라는 게 그렇게 형편없는 이름인가?"

내가 그렇게 중얼거리자 곤 옹은 잔뜩 화가 나서 『형편없고말고! 센스라고는 눈곱만큼도 안 느껴지네!』라고 외쳤다.

『같은 드래곤종으로서 말하겠는데, 이 녀석한테 이름 짓는 센스를 기대해 봐야 소용없어.』

그렇게 말하며 드라 짱이 곤 옹의 다리를 탁탁 두드렸다.

주변이 소란스러워지자 누워있던 드라 짱도 일어난 모양이다.

『나한테는 픽시 드래곤인 데다 몸이 작다는 이유로 '드라 짱'이라는 이름을 붙였다고. 멋진 이름을 붙여달라고 했는데 말이야.』

『그러했더냐? 그것참 너무했군. 너는 픽시 드래곤의 성체가 아니냐. 그런데 '짱'이라는 호칭을 붙이다니…….』

어쩐지 먼눈을 하고 있는 드라 짱에게 곤 옹이 동정하는 듯한 투로 말했다.

어, 그게 그렇게 동정할 일이야?

『뭐, 그에 관해서는 나도 동의하는 바다. 그래서 나는 드라라고 부르고 있지 않으냐.』

『아무리 그래도 '짱'은 좀……. 나도 너를 드라라 부르도록 하마. 너무 낙담하지 말거라.』

『페르랑 곤 옹 둘 다 고마워. 뭐, 이름 쪽은 이미 포기했어. 맛있는 밥을 먹는 대신이라고 생각하면 참을만 해.』

『뭐어, 애초에 이 녀석에게 좋은 이름을 기대하는 것 자체가 무리한 일이니 말이다. 드라에게는 말한 적 있지만 나한테도 처음에는 포치니 코로 같은, 어째서인지 듣기만 해도 화가 치미는 지독한 이름을 붙이려 했더랬지.』

『응응, 포치에 코로는 정말 너무했다.』

『정말이냐? 그건 '곤 옹'보다 지독하군그래. 어째서인지 듣기만
해도 살의가 치솟는군, 그 이름은.』

『그렇지? 나도 그것만은 단호히 거부해서 페르라는 이름이 된
거다. 하지만 그것도 펜리르라는 이유로 페르라고 이름을 붙인
것에 불과하지.』

『첫 글자 펜의 페와 마지막 글자 르를 합쳐서 페르인가. 안일하
군그래.』

『이 녀석은 센스가 없어서 죄다 그런 식이라고. 스이는 슬라임
이라 스이고, 나는 픽시 드래곤이라는 이유로 드라 짱이라는 이
름을 붙였잖아.』

『그리고 나는 에인션트 드래곤이라 곤 옹인가. 하아, 정말 어이
가 없을 정도로 센스가 없구나, 주공은······.』

곤 옹이 한숨과 함께 말을 내뱉자, 곤 옹과 페르와 드라 짱이
불쌍한 사람을 보는 듯한 눈으로 나를 쳐다보았다.

어? 잠깐, 뭐야, 그 눈빛은.

아니, 그보다 나도 센스가 없다는 건 알지만 그걸 욕하면서 어
느샌가 곤 옹과 페르와 드라 짱이 결속해 버렸잖아?

곤 옹과 페르는 조금 전까지만 해도 일촉즉발의 분위기였는데.

『뭐어, 이름 짓는 센스는 형편없지만 이 녀석이 만든 밥은 최고
로 맛있으니까. 밥을 먹으려면 약간의 인내심과 체념이 필요하단
거지. 게다가 이 녀석의 사역마가 되었으니 우린 이제 동료야. 다

시 한번 잘 부탁해, 곤 옹.』

『음, 뭐어, 드라 말이 맞다. 나도 이런저런 말을 했지만, 동료라
는 것은 사실이지. 앞으로 잘 부탁한다, 곤 옹.』

『뭐어, 나도 말이 좀 과했던 것 같구나. 페르, 드라, 앞으로 동
료로서 잘 부탁하마.』

『스이도 있어~.』

스이가 곤 옹의 발치에서 통통 튀어 올랐다.

『오냐오냐, 너도 있었지. 앞으로 잘 부탁하마, 스이.』

『잘 부탁해, 곤 옹!』

다들 화기애애한 분위기인 건 좋은데 말이야…….

"뭔가 나만 소외된 것 같은데."

『그렇지 않네, 주공. 맛있는 밥을 기대하지. 우선은 카라아게부
터네. 모두가 맛있다고 하는 걸 나도 먹어보고 싶으니 말이야.』

『소금맛이란 것과 간장맛이라는 것, 두 종류 다 만들어 줘.』

『오오, 좋은 생각이다, 드라. 이왕이면 두 가지 다 맛보고 싶으
니 말이다.』

『뭣이라? 카라아게란 것은 맛이 두 종류나 되는 게냐?』

『음. 어느 쪽을 좋아할지는 취향에 따라 다르겠지만 양쪽 다 맛
있다. 기대하고 있도록.』

『카라아게~!』

"아~ 그래그래, 알았다고. 아까도 말했지만, 던전에서 나가면
만들어줄게."

뭔가 어물쩍 넘어간 듯한 느낌이 들지만 다들 친해진 것 같으

니 상관없다.

"그런고로 말이야, 이제 슬슬 지상으로 돌아가자."

『음, 주공, 조금만 기다려주게나.』

곤 옹이 그렇게 말하더니 천천히 벽 쪽으로 몸을 돌렸다.

뭘 하려고 그러나, 하고 그쪽으로 시선을 돌리자…….

"허억~! 브, 블랙 드래곤이!"

곤 옹의 꼬리에 맞고 벽 근처에서 움찔거리고 있던 블랙 드래곤이 어느샌가 부활해 있었다.

그리고 바야흐로 드래곤 브레스를 쏘려고 하고 있었다.

『흥, 내가 작아졌다고 이길 수 있을 줄 알더냐? 체력과 마력 등은 본래의 몸일 때에 비해 30퍼센트 정도 줄었지만 그래도 너 따위에게 뒤지지는 않는다. 멍청한 것 같으니.』

곤 옹은 그렇게 말하고서 입을 쩍 벌리더니 블랙 드래곤의 드래곤 브레스에 대항하듯 드래곤 브레스를 날렸다.

"우억, 눈부셔!"

넘쳐나는 빛을 띤 곤 옹의 드래곤 브레스를 보고 무의식중에 눈을 감았다.

빛이 수그러들기를 기다렸다가 눈을 떠보니…….

"어? 블랙 드래곤이, 어디 갔지?"

『곤 옹, 끝내준다~! 드래곤 브레스 한 방에 블랙 드래곤이 소멸해 버렸어!』

드라 짱이 흥분한 듯이 날개를 파닥거리며 그렇게 말했다.

『우와아~ 굉장해굉장해! 곤 할아버지, 굉장해!』

스이도 흥분해서 빠른 속도로 통통 튀어 올랐다.

『흠, 역시 에인션트 드래곤답군.』

곤 옹한테는 툭툭거리기만 했던 페르도 그렇게 말했다.

『아, 뭔가 나왔어~.』

스이가 스스슥, 잽싸게 움직여 드롭 아이템을 회수해 왔다.

『가져왔어, 주인.』

『흠, 그렇군. 던전의 마물에게 나오는 것들은, 인간들에게는 가치 있는 물건이었지. 주공, 챙겨두시게.』

"그, 그래."

그리고 스이에게서 건네받은 블랙 드래곤의 드롭 아이템은.

초특대 마석과 광택이 나는 칠흑빛 가죽, 그리고 마찬가지로 칠흑빛을 띤 날카로운 발톱에…….

"이 검은 뼈는, 뭔가 불길하지 않아?"

길이가 내 허리 높이까지 올 만큼 커다랗고 거무튀튀한 뼈였다.

『그건 블랙 드래곤의 주골(呪骨)이로군.』

곤 옹이 그렇게 말하자 박식한 페르도 뭔가 떠오른 눈치였다.

『블랙 드래곤의 주골이라고? 강력한 주술의 재료가 된다는 이야기를 언뜻 들은 것 같긴 하군.』

"여, 역시 그런 부류의 물건이구나."

사용할 일은 영원히 없을 것 같고, 대충 들어도 어째 매매에 내놓는 것도 위험할 듯하니 아이템 박스에 봉인해 놔야겠네.

『그렇지, 곤 옹. 너, 이곳에 오래 있었다면 마물이 떨어뜨린 다른 물건들도 갖고 있지 않나? 가지고 있다면 저 녀석에게 넘기는 게 좋을 거다. 그걸 돈으로 바꾸면 맛있는 밥에 보탬이 될 테니 말이야.』

『호오~ 그런 겐가. 그렇다면, 이쪽이다.』

곤 옹의 안내를 받아 다 같이 따라가자, 벽에 구멍이 뻥 뚫려 있고 넓이가 네 평 정도 되는 작은 동굴이 나타났다.

"작은 동굴이네. 이런 게 있었구나."

『아니, 내가 뚫은 것일세.』

곤 옹의 말에 따르면 블랙 드래곤이 걸리적거려서 가끔씩 때려 눕혔는데, 그때마다 이런저런 물건들을 떨어뜨려서 그걸 보관할 장소로 쓰려고 이 동굴을 뚫은 것이라고 한다.

회수하지 않으면 사라져버리는 게 어쩐지 못마땅했다는 모양 이다.

『드래곤종의 습성인지, 나도 반짝이는 물건은 싫지가 않아서 말이야.』

마석이나 가죽, 어금니 등에는 딱히 관심이 가지 않았지만 보물 상자가 나왔을 때는 되도록 회수해서 이곳에 보관해 두었다는 듯했다.

그 덕분에 작은 동굴 안은 금은보화로 넘쳐났다.

일단 매직 백도 활용해서 다 같이 부지런히 회수했다.

그 중에 마검 흐룬팅이니 마검 그람이니 마검 에케작스 같은 게 있었지만, 못 본 척하고 슬그머니 아이템 박스 깊은 곳에 넣어두 었다.

"좋아, 전부 회수했네. 그러면 지상으로 돌아갈까."

곤 옹이 마법진은 동굴 중앙에 나타난다고 하기에 다 같이 그곳으로 향했다.

그러던 도중, 페르에게 궁금했던 것을 슬그머니 물어보았다.

"저기 페르, 아까 봤던 작은 동굴 말이야, 곤 옹은 아무렇지 않게 '내가 뚫었다'고 했는데, 던전의 벽이라는 게 그렇게 쉽게 부술 수 있는 거야?"

『그럴 리가 있나. 넘쳐나는 마력으로 억지로 뚫었겠지.』

"곤 옹은 작아져서 스테이터스도 3할 줄었다고 했는데, 그래도 페르보다 마력이 많으니까. 그나저나 옆에 표시된 게 실제 스테이터스야?"

『음.』

"이렇게 말하기는 좀 그렇지만, 괴물이네……."

『그렇긴 하지.』

"페르, 곤 옹이랑 싸워서 용케도 비겼네. 아니, 살아 있는 게 용하다고 해야 하나?"

『실력발휘를 한 거지. 체력, 마력, 공격력, 방어력은 나보다 곤 옹이 훨씬 높지만, 민첩성만은 내 쪽이 비교도 안 될 만큼 높으니 말이다. 그걸로 농락했던 거다.』

그러고 보니 민첩성만은 다른 스테이터스에 비해 극단적으로 낮았지.

오히려 작아진 지금이 민첩성은 더 높은 것 같고.

뭐, 원래 크기가 그렇게 거대하니 어쩔 수 없나.

『이보게, 뭘 하는 건가. 어서 가지.』

『어~이, 빨리 와~.』

『주인, 페르 아저씨, 빨리~.』

"아아, 미안미안. 지금 갈게."

나와 페르는 허둥지둥 곤 옹 일행이 올라탄 마법진으로 향했다.

"그럼, 지상으로."

『이로써 나도 인간들의 도시를 당당하게 볼 수 있겠군그래. 꽤 기대되는구먼.』

그랬지, 지상으로 돌아가면 곤 옹을 사역마로 등록해야 하지이.

뭔가 엄청나게 난리가 날 것 같은 예감이 드는데.

하아…….

『좋아, 빨리 돌아가서 카라아게를 만들어라.』

『이거 참 기대되는군그래.』

『오랜만이라 엄청 기대되네.』

『카라아게, 카라아게~♪』

"잠깐, 곤 옹도 페르도 드라 짱도 스이도 카라아게를 먹고 싶다는 건 알겠지만, 아직 해야 할 일이 잔뜩 있거든?"

순간적으로 부유감이 느껴진 직후, 우리 일행은 돌 벽으로 둘러싸인 작은 방으로 전이했다.

모두는 벌써부터 카라아게 타령을 하고 있지만 해야 할 일이 이것저것 있었다.

우선 새로 사역마가 된 곤 옹을 모험가 길드에 등록해야 하고 숙박 장소도 확보해야 한다.

식구가 이전보다 더 늘었으니 이전과 비슷하거나 조금 더 큰 저택을 빌릴 수 있으면 좋겠지만…….

"어쨌든 우선 모험가 길드에 들러야 해."

『흠, 어째서지?』

"어째서긴. 페르, 던전을 답파했다고 보고해야 하잖아. 게다가 곤 옹을 사역마로 등록해야 하고."

그렇게 말하며 곤 옹을 쳐다보자 당사자인 곤 옹은 의아한 투로 『음, 나 말인가?』라고 되물었다.

『아아, 그렇군. 그걸 하지 않으면 내 때와 마찬가지로 소란이 일어나겠지.』

"바로 그거야. 아닌 게 아니라, 페르 때보다 더 큰 소란이 벌어질 것 같은 기분이 드는데……."

『뭐어, 저래 봬도 드래곤이니 말이지.』

곤 옹이 울컥해서『이봐라, 페르, '저래 봬도'라는 게 무슨 뜻이냐?!』라고 소리쳤는데, 페르의 말도 이해가 됐다.

『나처럼 작아도 드래곤이라는 이유만으로 사람들이 흠칫 놀랄 때도 있으니까.』

나와 페르의 이야기를 듣고 있던 드라 짱이 옆에서 그렇게 덧붙여 말했다.

그 말에 '맞아맞아' 하고 고개를 끄덕이며 곤 옹을 쳐다보았다.

어딜 어떻게 보아도 귀여운 구석이라고는 눈곱만큼도 없는, 위압감 만점의 드래곤이다.

펜리르는 복슬복슬한 털이 있어서 보기에 따라서는 귀여울 수도 있지만, 드래곤은 좀…….

드래곤은 척 봐도 위압감이 장난이 아니잖아.

드라 짱처럼 작고 핑크빛이 도는 색이면 귀엽기라도 하지, 곤 옹은 검정색에 가까운 다크 그레이인 데다 대놓고 드래곤이라고 말하는 듯한 생김새라 더더욱 무서워 보인다고.

실제 사이즈는 20층짜리 빌딩만큼 크니 작아져서 그나마 나아진 편이기는 하지만.

"뭐, 여기서 이러쿵저러쿵 해봐야 달라질 건 없으니 일단 가보

자. 곤 옹, 얌전히 있어줘. 안 그래도 겉모습이 대놓고 드래곤이라 무서우니까. 그리고 도시에서는 염화로 말하고."

『그 정도는 아네. 나도 그렇게까지 바보는 아니니.』

곤 옹의 그 말을 믿기로 하고 우리 일행은 전이한 방 밖으로 발을 내디뎠다.

"뭐야?! 너 어디서……."

나를 선두로 방에서 나오자마자 우락부락한 체격에 30대 중반 정도 되는, 척 봐도 베테랑 같은 5인조 모험가와 맞닥뜨렸다.

"아, 죄송합니다. 다들 이분들이 지나갈 때까지 좀 기다려. 먼저 지나가세요."

자리를 양보했지만 모험가들은 움직일 낌새가 없었다.

"저기……."

이상하다 싶어서 쳐다보자 모험가들이 땀을 줄줄 흘리며 굳어 있었다.

그 시선은 내 등 뒤에 있는 곤 옹에게 고정되어 있다.

"하아~ 역시 이렇게 되는구나."

페르 때도 그랬지만 역시 일정 수준 이상의 모험가들은 곤 옹을 한눈에 알아볼 수 있는 모양이다.

이럴 때 가장 좋은 방법은, 역시 도망치는 거지.

그런고로…….

응, 최하층에서 올라오는 전이방답게 출입구도 가깝네.

"다들, 가자. 죄송합니다, 지나갈게요~."

굳어 있는 모험가들을 무시하고 통로를 지나 던전 밖으로 향했다.

"으음~ 이게 얼마 만에 보는 햇볕이람."

오랜만에 자연광을 쬐며 안도의 한숨을 내쉴 수 있었던 것도 잠시뿐.

"꼼짝 마라!!! 대체 뭘 데리고 온 거냐!!"

"네 사역마는 펜리르뿐이 아니었나?!"

……네, 던전 출입구를 지키고 있다가 창부리를 겨눈 병사분들에게 열화와 같은 환영을 받고 있습니다.

던전에 들어가려고 기다리고 있던 모험가들의 반응은 각각 달랐는데 저급 모험가들은 얼어붙어서 미동도 하지 않았지만 중급 이상의 모험가들 중에는 우리에게서 잠시도 눈을 떼지 않고 무기를 손을 댄 채 언제든 뽑을 수 있도록 하고 있는 사람까지 있었다. 고요해진 일대에 험악한 분위기가 감돌았다.

아니, 병사님, 펜리르라고 또렷하게 말하지 말라고요.

공공연한 비밀이긴 해도 일단은 비밀로 해달라고요.

"저기, 새로운 사역마가 생겼거든요, 네."

나는 두 손을 들어 반항할 의사가 없다는 뜻을 내비치며 그렇게 말했다.

"말도 안 되는 소리! 펜리르도 모자라서 드래곤까지 사역마로 들였다고?! 그게 말이 된다고 생각하나!"

그렇게 말씀하신들 실제로 그러니 어쩔 수 없잖아요.

『이봐라, 거기 인간들. 내가 주공의 사역마가 되었다는 건 사실이다.』

고요한 장중에 곤 옹의 중저음 목소리가 울려 퍼졌다.

곤 옹의 목소리를 들은 이들은 누구 할 것 없이 눈이 휘둥그레지고 입이 떡 벌어졌다.

『멍청하긴. 곤 옹, 목소리를 내면 안 된다.』

페르가 오른쪽 앞발로 머리를 싸쥔 후, 곤 옹을 노려보며 그렇게 말했다.

『어째서지? 아직 도시가 아니거늘.』

『도시가 아니어도 그래야 한다. 인간의 언어를 구사할 수 있는 건 나와 곤 옹의 종족 정도밖에 없단 말이다. 그런 게 인간의 도시 근처에 나타났다는 걸 알면 인간들이 놀랄 수밖에 없잖나.』

『오오, 듣고 보니 그렇군. 좋아, 지금부터는 염화라는 것을 사용하도록 하마.』

곤 옹~ 이제 와서 '사용하도록 하마'라고 해봤자라고~.

분명 여긴 도시가 아니라 성벽 밖이지만, 그 정도는 짐작할 수 있잖아.

게다가 주의를 주고 있는 페르도 목소리를 냈잖아.

아주 자연스럽게 말을 하고 있다고!

페르와 곤 옹의 콩트 같은 대화를 듣고 나는 머리를 싸쥐었다.

주변을 둘러보니 사람들이 불쌍할 정도로 얼어붙어 꼼짝도 못하고 있었다.

『하아, 이 녀석들은 진짜 바보라니까………….』

드라 짱이 염화로 그런 소리를 할 정도의 상황이었다.

『있지있지, 주인, 안 가~?』

내 발치에 있던 스이가 촉수로 내 발을 콕콕 찌르며 그렇게 물었다.

그 덕에 나는 퍼뜩 정신을 차리고 행동을 개시했다.

이럴 때는 도망치는 게 제일이라는 생각에 다시 줄행랑을 감행했다.

"그런고로, 여기 있는 건 전부 제 사역마입니다."

그렇게 선언하고서 요란하게 그 자리를 떴다.

떠나기 직전에 누군가가 "에인션트, 드래곤……"이라고 중얼거리는 소리가 들려왔지만 환청을 들은 걸로 치기로 했다.

성문에서도 우리 일행을 보고 굳어버린 병사들을 향해서 "제 사역마입니다! 괜찮아요!"라고 선언하자 무사히? 도시에 들어올 수 있었다.

그다음이 정말 문제였지만.

도시 안에는 당연히 일반 시민들이 있었고…….

그런 사람들을 혼란에 빠뜨리지 않기 위해 모험가 길드까지 가는 길에 내내 "제 사역마입니다! 괜찮아요!"라고 소리를 치며 걸어야만 했다.

"아~ 피곤하다. 목이 바싹 말랐어."

겨우 모험가 길드에 도착해서 그런 푸념을 하며 안으로 들어가자 시끌벅적하던 길드 안이 순식간에 고요해졌다.

또야? 라는 생각을 하며 "제 사역마입니다!"라고 다시 소리를 쳤다.

그럼에도 얼어붙은 길드 안의 분위기는 풀리지 않았다.

고랭크 모험가인지 날카로운 눈빛으로 감시를 하듯 이쪽을 쳐다보며 금방 대응할 수 있도록 자신의 무기에 손을 대고 있는 이들도 많았다.

이게 다 무슨 난리람, 이라는 생각을 하며 "길드 마스터를 불러 주십시오"라고 직원에게 말했다.

줄도 서지 않고 새치기를 하는 모양새가 되어 미안하다는 생각은 들었지만 이번에는 정말 긴급 조치다.

『인간들이 뭘 모르는군그래. 저러한 무기로 나를 어떻게 할 수 있다고 생각하는 것 자체가 문제이건만.』

고랭크 모험가가 손을 대고 있는 각 무기들을 보더니 곤 옹이 어쩐지 불쌍하다는 투로 나직하게 중얼거렸다.

『그런 소리 마라. 저래 봬도 각각 인간이 갖출 수 있는 최고 수준의 무기들이니.』

나직하게 곤 옹이 중얼거리자 페르가 그렇게 답했다.

『그러한 게냐?』

『음. 나도 이 녀석과 여행을 하다가 알게 된 사실이지만, 이곳에 있는 모험가라는 직업을 지닌 자들에게는 각자가 지닌 무기가 가장 돈이 들어가는 물건인 것 같더군. 무기의 질이 목숨과 직결되기도 하다 보니 현시점에서 자신이 갖출 수 있는 최고 수준의 무기를 소지하려는 경향이 있는 것 같다.』

『호오~ 그러한 겐가. 하지만 저 정도로는 한꺼번에 덤벼도 내게 상처 하나 낼 수 없을 터인데. 나와 싸울 생각이라면 마검 정도는 준비해야지. 페르, 너 또한 그렇지 않느냐?』

『그렇긴 하지. 적어도 히히이로카네*…… 아니, 아다만타이트 제 무기 정도는 되어야 상대가 되겠지. 곤 옹처럼 극악하게 생겨 먹은 드래곤이 나타나면, 당해낼 수 없다는 걸 알아도 도시를 지키려 드는 게 저기 있는 모험가라는 직업을 지닌 자들의 긍지일 거다.』

『어이, 지금 뭐라 했느냐. 극악하게 생겨먹었다니? 나보다 네가 더 극악하게 생겨먹지 않았느냐.』

『뭐? 아니아니, 아무리 봐도 곤 옹이 더 심하지.』

『뭣이라? 한번 해보자는 것이냐?』

『싸우고 싶다면 기꺼이 싸워주지.』

페르와 곤 옹이 이마를 맞댄 채 눈싸움을 벌였다.

둘이 나눈 일련의 대화를 듣고 있자니, 나는 속이 부글부글 끓어올랐다.

그도 그럴 게…….

"페르, 곤 옹, 목소리 내서 말하고 있거든?"

『음?』

『아.』

내 말에 페르와 곤 옹이 이마를 떼고 이쪽을 쳐다보았다.

"대화의 내용도 그렇고! 생각한 걸 그대로 말하지 말라고!"

---

* 일본의 고사기전에 등장하는 전설의 금속.

모험가분들을 좀 보라고.

엄청 분해 보이고 슬퍼 보이잖아.

듣고 있는 내가 다 몸 둘 바를 모르겠네!

『이야아, 나도 모르게 그만. 아직 염화라는 것이 익숙지 않아서 말이네.』

『나는 곤 옹이 소리 내서 말하는 바람에 엉겁결에 그런 거다.』

『이봐라, 페르, 내 탓으로 하지 말거라.』

『먼저 소리 내서 말한 곤 옹 잘못이 맞잖나.』

페르와 곤 옹이 또다시 불꽃을 튀기며 눈싸움을 벌였다.

"조용히 해! 얌전히 있기로 약속했잖아! 드라 짱이랑 스이를 좀 보라고! 페르랑 곤 옹보다 훨씬 점잖잖아!"

연장자인 페르와 곤 옹이 이렇게 말썽을 부리면 어쩌자는 거야, 나 참.

『페르도 곤 옹도 어른스럽지 못하긴…….』

『스이, 착하게 얌전히 있었어, 주인.』

내 머리를 붙잡은 채 목말을 탄 자세로 날개를 쉬고 있는 드라 짱은 어이가 없다는 투로 말했고, 가방에 있던 스이도 촉수로 가방 덮개를 팔락 들추며 말을 잘 듣고 있었다고 주장했다.

"둘 다 조용히 좀 있어. 얌전히 있지 않으면 페르도 곤 옹도 저녁밥은 없을 줄 알아."

『뭣?!』

『카라아게가!』

페르와 곤 옹은 충격을 받은 듯한 표정이었는데, 이번에는 진짜거든?

"진심으로 한 소리야. 그러니까 얌전히 있어."

눈을 흘기며 그렇게 말하자 페르와 곤 옹은 응응, 하고 몇 번이나 고개를 끄덕였다.

곤 옹이 있다 보니 길드 안에 긴장감이 감돌게 한 건 어쩔 수 없는 일이라 생각하지만, 그 후에 페르와 곤 옹이 대화를 나눈 사건 쪽은 정말이지 죄송해서 몸 둘 바를 모를 지경이라 지금 당장 이곳에서 도망치고 싶은 기분이라고.

모험가분들은 나날이 노력하고 있다고. 설령 소지한 무기가 너희에게 통하지 않더라도 싸워야 한다면 그렇게 할 사람들이야.

그런데 그런 소릴 하다니.

정말 송구스러워 죽을 지경이네.

아~ 빨리, 빨리 좀 와주세요, 트리스탄 씨.

기도라도 하는 심정으로 그런 생각을 하며 기다리고 있자 드디어 트리스탄 씨가 나타났다.

"오오~ 무사히 돌아오셨군요, 무코다 님. 기다리고 있었습니다. 자자, 이쪽…………."

"트리스탄 씨?!"

만면에 미소를 띤 채 나를 환영하던 트리스탄 씨가 내 등 뒤를 보자마자 눈알이 뒤집힌 채 쓰러지고 말았다.

순간적으로 부축해서 머리를 찧지는 않았지만…….

"정신 차리세요, 트리스탄 씨! 트리스탄 씨~!"

이거 어쩌면 좋지?

◇　◇　◇　◇　◇

　길드 마스터인 트리스탄 씨가 갑자기 쓰러져서 쩔쩔매고 있자
근육이 울뚝불뚝하지만 거친 분위기를 풍기지는 않는, 다박수염
에 댄디한 분위기의 미남 아저씨가 내게 다가왔다.

　"네가 무코다인가 보군. 나는 이 길드의 부길드 마스터인 바르
톨로메오라고 한다. 잘 부탁한다. 네 이야기는 트리스탄한테 많
이 들었는데……. 그와는 별개로 너, 터무니없는 걸 데리고 왔구
나. 덕분에 면역이 없는 트리스탄이 쓰러져 버렸잖아."

　그렇게 말한 후, 근처에 있던 길드 직원분에게 지시를 내렸다.

　"이봐, 너희들, 트리스탄을 2층으로 데려가서 눕혀둬라."

　바르톨로메오 씨가 지시하자 두 명의 길드 직원이 트리스탄 씨
를 회수해 갔다.

　"그럼 너희 무코다 일행은 날 따라와라."

　그 말을 들은 우리 일행은 바르톨로메오 씨의 뒤를 따랐다.

　그렇게 향한 곳은 다른 모험가 길드에서는 자주 신세를 졌던 창
고였다.

　페르뿐이라면 모를까, 곤 옹까지 추가됐으니 그럴 만도 하지.

　뭐, 그럭저럭 넓고 느긋하게 이야기를 나눌 수 있는 장소는 이
곳 정도뿐이니까.

　그나저나 창고는 어디나 비슷비슷한가 보네.

　널찍한 공간에 매입한 물건들이 빽빽하게 진열되어 있었다.

미리 사람들을 물려둔 것인지 창고에는 바르톨로메오 씨와 우리뿐이었다.

"그래, 왜 그런 걸 데려온 거지? 에인션트 드래곤 맞지? 원래는 한참을 올려다봐야 할 정도로 거대하다고 들었는데."

곤 옹이 에인션트 드래곤이라는 걸 바르톨로메오 씨는 꿰뚫어 본 모양이다.

뭐, 부길드 마스터가 됐을 정도의 사람이기도 한 데다 생김새를 보아도 원래는 고랭크 모험가였던 것 같으니 그럴 만도 한가.

아니, 왜냐고 물으신들 아까부터 제가 몇 번이나 말했잖아요.

"그게, 아까부터 말씀드렸듯이 사역마가 되었거든요……. 그리고 말씀하신 대로 에인션트 드래곤은 원래 엄청 거대합니다. 제가 던전 안에서 만났을 때도 깜짝 놀랄 만큼 컸죠. 하지만 저를 따라오기로 하면서 그 크기로는 불편할 것 같다며 이 크기로 변했습니다. 그런 게 가능한 모양이더라고요, 네."

"그렇군. 하지만 말이지, 하아……. 무코다, 그런 말도 안 되는 소린 하지 마라. 전설의 용인 에인션트 드래곤이 인간의 사역마가 될 리가 없잖아. 이유는 몰라도 지금은 얌전하게 있는 것 같지만."

"그렇게 말씀하신들……."

저는 사실만을 말했는데요.

『이봐라, 주공을 너무 나무라지 말거라. 내가 주공의 사역마가 된 것은 사실이니 말이다. 게다가 전설의 존재인 걸로 치면 여기 있는 펜리르, 페르도 마찬가지가 아니냐.』

곤 옹이 목소리를 내어 말하자 순간적으로 놀랐는지 바르톨로메오 씨의 눈이 휘둥그레졌지만 어째서인지 이내 납득한 듯한 얼굴로 "에인션트 드래곤이 사람의 말을 할 줄 안다는 전승은 사실이었던 건가"라고 말했다.

그리고 이번에는 페르 쪽으로 시선을 돌리며 "그렇다면 펜리르도 마찬가진가"라고 중얼거렸다.

『물론 나도 사람의 말을 할 수 있다. 그리고 이 녀석의 사역마가 된 것도 사실이다. 모험가 길드에도 똑똑히 등록해두었다.』

"나 원, 그것부터가 이상하다고. 전설의 마수 펜리르가 인간의 사역마가 되었다는 보고 때문에 이 나라 모험가 길드의 상층부가 발칵 뒤집어졌었거든? 심지어 나라 쪽에서는 어떻게든 우리 나라로 끌어들일 수 없겠느냐고 압박해오기도 했고."

바르톨로메오 씨의 말에 따르면 엘만 왕국에서도 그런 이야기가 오갔었다는 모양이다.

하지만 레온하르트 왕국의 임금님이 서간을 보내왔고, '펜리르를 억지로 끌어들이려다가 나라가 없어져도 좋다면 해보시든가'라고 요약할 수 있는 내용이 적혀 있었다고 한다.

레온하르트 왕국은 '어차피 펜리르에게 대항해 봐야 이길 수 있을 리 없으니 마음대로 하게 두되 최대한 우리 나라에 머물게 하자'는 방향으로 방침을 세웠으니 괜히 방해하지 말라는 의미를 담아 쓴 것이기도 하리라.

게다가 펜리르와 적대하게 된다면 레온하르트 왕국은 도와주지 않을 것이라는 취지의 말도 적혀 있었다고 한다.

"그 서간 덕에 상층부와 나라 쪽도 냉정해졌지. 그럴 만도 하지, 펜리르를 적으로 돌려서 이길 수 있을 리가 없는 데다 자칫 잘못하면 나라 자체가 없어질 가능성도 충분히 있으니 말이야."

그리고 이곳 엘만 왕국 역시 레온하르트 왕국을 따라, 우리 일행에는 참견하지 말고 마음대로 하게 두자는 쪽으로 방침을 세웠다는 모양이다.

"겨우 그렇게 결정이 돼서 한시름 놓았더니, 너란 녀석은 정말~."

"이야, 저기, 죄송합니다."

페르 때도 그랬지만, 나는 딱히 곤 옹에게 사역마가 되어달라는 말은 한 마디도 안 했는데 말이야.

"그리고 이것만은 확인해 둬야겠는데……. 너, 이 대륙의 패권을 거머쥘 셈이냐?"

바르톨로메오 씨가 진지한 얼굴로 그렇게 묻기에 나는 화들짝 놀랐다.

"네? 무슨 소릴 하시는 거예요! 농담으로라도 그런 말씀은 하지 마세요, 그런 짓을 할 리가 없잖습니까!"

지금은 카레리나에 집이 있고, 그 집에서 느긋하게 있거나 가끔씩 이렇게 여행에 나서 이 세계를 여기저기 구경하러 다닐 수 있다면. 그리고 무엇보다도 맛있는 걸 먹을 수 있다면 나는 만족한다.

패권을 거머쥐다니 당치도 않다.

그러한 의사를 구구절절하게 설명했다.

"알겠다, 알겠어. ……뭐, 네가 마음만 먹으면 막을 방법은 없겠지만 말이야. 펜리르와 에인션트 드래곤에게 대항할 수 있는 전력 같은 건 어느 나라에도 없을 테니까. 아하핫."

"바르톨로메오 씨~."

왜 그런 소릴 하는 거예요.

아까부터 패권을 거머쥘 생각 같은 건 없다고 몇 번이나 말했잖아요~.

『너무 이 녀석을 괴롭히지 마라. 나도 지금까지 그랬듯이 너희가 손을 대지 않으면 아무 불만도 없고, 이쪽에서 먼저 무언가를 할 생각도 없으니. ……단, 이 녀석에게 위해를 가한다면 이야기가 달라지겠지만.』

『나도 마찬가지다. 주공이 시키지 않는 한은 너희에게 손을 대는 일은 없을 게다. 뭐, 나도 주공에게 위해를 가한다면 가만히 있지는 않겠다만.』

"크윽……."

페르와 곤 옹이 압박하듯이 말하자 바르톨로메오 씨가 신음 소리를 흘렸다.

"페르, 곤 옹!"

바르톨로메오 씨가 괴로워하는 것 같기에 곧장 제지했다.

"후우……. 통제도 완벽하게 되는군. 좋아, 믿도록 하지. 하지만 잘 관리해야 한다. 진짜 정말 부탁 좀 하자."

그렇게 바르톨로메오 씨가 애원하듯이 말하기에 나는 쓴웃음을 지을 수밖에 없었다.

『피이, 스이도 있는데~.』

『그러게. 페르랑 곤 옹에는 못 미치겠지만 나랑 스이도 꽤 강한데 말이야.』

페르와 곤 옹만 화제에 오르자 드라 짱과 스이는 살짝 토라진 듯한 눈치였다.

『드라 짱, 스이, 그건 내가 잘 알고 있으니까 괜찮아.』

염화로 그렇게 말하고서 목말을 타고 있는 드라 짱의 등과 안고 있던 스이를 톡톡 다독여주었다.

그 후, 바르톨로메오 씨에게 길드 카드를 건네 어찌어찌 곤 옹을 무사히 사역마로 등록했다.

그리고…….

"이만한 사역마를 거느리고 있으니 당연히 이곳의 던전도 답파했겠지? 에인션트 드래곤이 최하층의 보스였나?"

어떻게 보면 그렇지만, 정확히는 아니라고 해야 하려나.

이곳, 브릭스트 던전을 답파했다는 사실, 그리고 최하층의 보스는 블랙 드래곤이었고 곤 옹은 우연히…… 까놓고 말해서 잠을 자려고 던전에 침입했던 것이라는 사실 등을 바르톨로메오 씨에게 이야기했다.

"이렇게 터무니없는 게 침입했는데 알아채지 못했다니…….."

"으음~ 던전에 들어간 게 200년 정도 전의 일이었다고 하니까요."

그 후, 41계층부터 최하층까지에 관한 이야기를 듣고 싶다기에 휑뎅그렁한 황야와 사막 지대에 관해서, 그리고 극한의 은세계에 관해서 설명해주었다.

사실은 트리스탄 씨에게 이야기했던 40계층까지의 여정도 듣고 싶었다는데, 마침 그때 지원 요청을 한 모험가를 위해 던전에 들어가 있었다는 모양이다.

듣자하니 바르톨로메오 씨와 트리스탄 씨는 명확하게 업무 범위를 나누고 있어서 이 길드의 운영에 관한 것이나 드롭 아이템 등의 매매에 관한 일은 트리스탄 씨가. 그리고 모험가에 대한 의뢰나 지도와 같이 직접 모험가와 관계하는 일은 바르톨로메오 씨가 담당하고 있다고 한다.

바르톨로메오 씨는 "나는 운영 같은 귀찮은 사무 쪽 일은 무리니 고마운 일이지"라고 말했다.

아무튼 41계층에서 최하층인 47계층까지에 관한 설명을 마치자 바르톨로메오 씨는 고개를 푹 숙인 채 한숨을 내쉬었다.

"그러면 평범한 모험가가 답파하는 건 무리잖아……."

"저기, 제가 평범하지 않다고 말씀하시는 것처럼 들리는데요."

"네가 평범할 리가 없잖아! 펜리르에 에인션트 드래곤을 거느리고 있으면서 평범하다고 하면 다른 모험가들이 두들겨 패려 할 거다."

으음, 죄송합니다.

"하아……. 마물은 강하다 해도 정면으로 싸우지 않고 회피하면 어떻게든 되지만 계층의 넓이는 방법이 없지. 현실적으로 봤을 때 목숨줄이라 할 수 있는 물과 음식도 잔뜩 필요할 테고. 전형적인 5인 파티에 운 좋게 아이템 박스 소유자가 있다 해도 그것만 갖고는 어림도 없겠지. 한 계층을 통과하려면 매직 백이 몇 개나 필요하려나. 답파를 목표로 하려면 아무리 많아도 부족하겠지. 그걸 마련하는 데만 해도 터무니없이 많은 돈이 들 테고."

뭐, 그렇게 생각하니 그렇긴 하네.

"나 원, 골치 아픈 정보뿐이군."

바르톨로메오 씨가 팔짱을 낀 채 얼굴을 찌푸리고서 말했다.

이곳, 브릭스트 던전은 난관 던전으로 알려진 만큼 비교적 고랭크 모험가가 많이 모여 있다.

개중에는 진심으로 답파를 노리고 있는 모험가들도 그럭저럭 있는데, 그 녀석들에게 이 정보가 알려지면 답파는 무리라고 판단하고 이곳에서 철수해 다른 도시로 이동할 걸로 예상된다.

바르톨로메오 씨는 그 점을 우려하고 있었다.

"진심으로 답파를 노리고 있는 녀석들은 말이지. 모험가로서 전성기를 누리고 있는, 잘 나가는 녀석들이거든. 우리로서도 그런 녀석들이 모조리 떠나는 건 난감하다 이거야. 뭐 하지만 정보를 은폐할 수는 없는 노릇이니까. 이 정보는 위쪽과 협의해서 적당한 때에 발표해야겠어. 너도 그때까진 누가 물어봐도 얼버무려 둬라."

"네, 그 정도라면 할 수 있겠네요."

그러고서 곤 옹이 사역마로 등록된 길드 카드를 받은 후에 겨우 해방되었다.

뭐, 모래에는 다시 이곳에 와야겠지만.

드롭 아이템 등의 매매에 관한 이야기를 꺼내자 바르톨로메오 씨가 그런 건 트리스탄 씨의 전문 분야라면서 뒤로 미룬 탓에 말이야.

내일이면 부활할 거라고 했지만, 지난번에 비해 드롭 아이템의 품목 수는 적어도 일단 확인해 두고 싶어서 모래 다시 오는 쪽으로 방향을 잡았다.

그 사이에 바르톨로메오 씨가 트리스탄 씨에게도 이것저것 설명해 두겠다고 한다.

"그럼 다음은 상인 길드인가."

오늘 밤 묵을 집을 확보해야지.

상인 길드까지 가는 길에 또다시 "제 사역마입니다! 괜찮아요!"라고 소리치면서 천천히 걸었다.

그렇게 도착한 상인 길드에서도 당연히 한바탕 소동이 벌어졌지만 모험가 길드에서 받은 길드 카드를 보여주며 "제 사역마입니다"라고 설명해서 어찌어찌 위기를 넘겼다.

어느 간이 큰 상인이 "비늘 하나라도 좋으니 팔아주지 않으려나"라는 소리를 하는 게 언뜻 들렸는데, 곤 옹을 앞에 두고 그런 소리를 하다니 정말 간도 크네, 라는 생각이 들어서 감탄하기도 했다.

우여곡절 끝에 어찌어찌 상인 길드 직원분에게 다 같이 묵을 수 있는 집을 빌리고 싶으니 알아봐 달라고 부탁하자 요전에 빌렸던 저택보다 더 넓은, 방이 18개나 있는 저택이 비어 있다기에 바로 결정했다.

직원분의 설명에 따르면 각 방들도 넓으니 우리 일행에게는 딱이라고 한다.

이쪽도 일주일의 집세가 금화 160닢으로 너무 비싸서 빌리는 사람이 나타나지 않던 물건이라는 모양이다.

하지만 우리는 묵을 수 있는 집을 찾은 것만으로도 감지덕지였다.

모쪼록 내부를 파손하는 일이 없도록 해달라고 몇 번이나 주의를 받기는 했지만.

대금을 치르고 열쇠를 받아 곧장 빌린 저택으로 향했다.

험상궂은 멤버가 늘어난 탓에 상인 길드 직원분에게 안내를 부탁하기는 미안해서 장소만 물어 우리끼리 오기는 했는데…….

"여기 맞지?"

이건 그냥 성 아니야? 라는 말이 절로 나올 정도로 호화스럽고 커다란 저택 앞에서 나는 무심결에 입을 쩍 벌린 채 건물을 올려다보고 말았다.

『음. 제법 괜찮구나.』

페르가 척 봐도 호화스러운 저택을 보고 만족스러운 투로 말했다.

『오오~ 요전에 빌렸던 것보다 호화스럽고 넓어 보이는 집이네.』

드라 짱도 어쩐지 기쁜 듯했다.

『정원도 이전 것보다 넓어~!』

스이도 가방에서 뛰어내리더니 잔디가 자라 있는 넓은 정원을 신나게 통통 뛰어다녔다.

『호오~ 인간의 감성도 나쁘지는 않군그래. 내 취향의 집이구나.』

곤 옹도 페르와 마찬가지로 만족스러운 눈치다.

안에 들어가서 보니 더욱 호화스러웠다.

널찍한 로비에 호화스러운 샹들리에, 그리고 조각이 새겨진 나선형 계단.

"뭔가 너무 호화스러워서 부담스럽네."

그렇게 생각하는 건 나뿐인지 페르와 드라 쨩과 스이와 곤 옹은 역시나 넓은 거실로 냉큼 이동해서 쉬고 있었다.

그 모습에 쓴웃음을 지은 채 "그럼 나는 부엌에서 저녁 식사 준비를 시작할게"라고 모두에게 말했다.

『오오, 드디어 모두가 맛있다고 입을 모아 말하는 카라아게를 먹겠군! 기대하고 있겠네!』

곤 옹의 잔뜩 들뜬 목소리를 들으며 부엌으로 이동했다.

"우와아~ 여기도 넓네에."

마도 버너만 해도 무려 여섯 개나 있다.

"어디 보자, 곤 옹이 엄청 기대하고 있으니 차근차근 카라아게 만들 준비를 해보실까."

평소처럼 간장맛과 소금맛, 두 가지로.

역시 기본인 이 둘이 제일 질리지도 않고 맛있단 말이지.

나는 기합을 넣고 코카트리스 고기를 중심으로 대량의 카라아게를 만들 준비를 해나갔다.

◇ ◇ ◇ ◇ ◇

『이야~ 실로 맛있군그래. 이 카라아게란 것은. 너희가 입을 모
아 맛있다고 할만도 해.』

곤 옹의 눈앞에는 카라아게를 산더미처럼 수북이 쌓은 그릇이
놓여 있었다.

그것을 바라보며 곤 옹이 진지하게 말했다.

참고로 곤 옹의 눈앞에 있는 카라아게는 벌써 세 그릇째였다.

간장과 소금맛 카라아게를 번갈아 내놓았으니 지금 건 간장맛
카라아게다.

곤 옹은 수북하게 담긴 카라아게를 덥썩 입 안 가득 넣고 만족
스러운 얼굴로 씹었다.

『후후, 그렇지?』

페르가 으스대는 얼굴로 그렇게 말했다. 그걸 만든 건 나거든?

『주인이 만든 카라아게 엄청 맛있어~.』

카라아게를 아주 좋아하는 스이도 들떠서 말했다.

『여전히 맛있네, 카라아게는. 근데 말이야, 소금맛 카라아게가
평소랑 쪼~끔 맛이 다른 것 같은데. 맛있다는 데에는 변함이 없
지만 말이야.』

드라 짱이 그렇게 말하며 소금맛 카라아게를 배어 물었다.

"오~ 그 맛의 차이를 알아내다니 대단한걸, 역시 드라 짱이야.
레몬소금이라고 하는데, 레몬이라는 신맛의 과일을 소금에 절여
서 만든 조미료를 썼어. 가끔은 이런 식으로 맛에 변화를 주는 것

도 괜찮지 않을까 싶어서."

한때 유행해서 푹 빠져 있었지, 레몬소금.

직접 만들어 보기도 했고.

뭐 요즘에는 대부분 팔고 있는 걸 썼지만.

카라아게를 만들 때 냉장고에 레몬소금이 있을 때는 거의 이걸로 카라아게를 만들곤 했지.

그 생각이 나서 살짝 만들어 봤다.

평소의 것과 살짝 다른 카라아게도 괜찮겠다 싶었거든.

"카라아게에서 레몬향이 나니까 상큼하게 느껴지지?"

그렇게 말하며 나는 레몬소금 카라아게를 베어 물었다.

바삭한 식감 뒤에 육즙이 흘러나온다.

그리고 레몬향이 은은하게 코를 자극한다.

응, 제법 잘 됐는걸.

『호오~ 그런 식으로 맛을 바꾸고 있었던 건가. 좋아, 의식하며 먹어볼 테니 한 그릇 더 다오. 물론 그 레몬소금맛이라는 걸로.』

『나도 한 그릇 더 주시게, 주공.』

『스이도 한 그릇 더~.』

나와 드라 짱의 대화를 듣자마자 페르가 추가 음식을 요구했고 곧 옹과 스이가 그 뒤를 이었다.

"그래그래."

나는 쓴웃음을 지은 채 아이템 박스에 넣어뒀던 레몬소금 카라아게를 꺼내 페르와 곤 옹과 스이 앞에 내놓았다.

물론 산더미처럼 쌓아서.

페르와 곤 옹과 스이는 신이 나서 카라아게에 달려들었다.

『하여간 이 녀석들도 참. 맛있으면 뭐든 상관없다고 생각하는 게 빤히 보인다고. 결국 맛의 차이를 아는 건 나뿐이잖아.』

드라 짱이 그런 소릴 하며 미식가 행세를 했다.

뭉뚱그려서 말했지만, 스이도 맛의 차이를 꽤 잘 알아채는 미식가이기는 하다고.

아니 뭐, 페르와 스이가 맛있으면 뭐든 상관없다고 생각한다는 건 아주 틀린 말은 아닌 것도 같지만.

보아하니 곤 옹도 그런 것 같고.

나로서는 맛있다고 생각해주는 게 제일이니 상관없지만 말이야.

『주공, 맛있군! 그런고로 한 그릇 더 주기를 바라는 바이네.』

그런 소리와 함께 곤 옹이 텅 빈 그릇을 입에 물어 내밀며 추가 음식을 요구했다.

"곤 옹, 천천히 좀 먹어."

『이 카라아게라는 게 너무 맛있는 게 문제인 게야.』

"뭐, 마음에 든 것 같으니 상관없지만. 여기, 추가 음식."

추가 음식을 내놓자 곤 옹은 신이 나서 우걱우걱 먹기 시작했다.

『이쪽도 한 그릇 더다.』

『스이도!』

『나도 더 줘.』

"알았어."

우리는 카라아게를 배불리 먹고 저녁 식사를 마쳤다.

그리고 페르, 곤 옹, 드라 짱, 스이는 콜라를, 나는 오늘의 기분

에 따라 홍차를 마시며 느긋하게 식후 휴식을 가진 후 뒷정리를
하고…….

"자 그럼, 오늘은 그만 목욕하고 잘까. 드라 짱, 뜨거운 물은 다
받아졌지?"

저녁식사 전에 목욕을 위해 뜨거운 물을 받기 시작했으니 슬슬
다 됐겠지 싶어서 드라 짱에게 물을 멈추러 가달라고 부탁해 두
었던 것이다.

그러고서 식후 휴식 때 드러그 스토어에서 엄선한 입욕제도 건
네 두었다.

『어엉. 가득 차 있었고, 네가 준 입욕제라는 것도 빠짐없이 넣
어두었으니까 언제든 씻을 수 있어.』

"고마워. 그럼 목욕을 하러 가볼까."

『와아~ 목욕~.』

『……그럼 나는 먼저 가서 자마.』

나는 그렇게 말하며 냉큼 그 자리를 뜨려 하는 페르 앞에 떡 버
티고 섰다.

"어딜 가려고."

『뭐, 뭐냐?』

"뭐긴 뭐야. 도망치게 둘 것 같아?"

내가 그렇게 말하자 페르가 언짢은 표정을 지었다.

"던전에서 돌아왔으니까 페르도 당연히 목욕해야. 중간에 돌
아왔던 저번에도 어차피 금방 던전에 들어갈 테니 이번엔 됐다면
서 안 씻었잖아. 하지만 이번에는 그 핑계도 안 통해. 이제 던전

은 답파했으니까. 그리고……."

이번에는 곤 옹 쪽으로 고개를 돌렸다.

그리고 곤 옹의 몸을 손가락으로 쓰윽~ 쓸은 후, 그 손가락을 물끄러미 쳐다보았다.

"곤 옹도 꽤 지저분하네. 좋아, 곤 옹도 목욕하자."

『목욕? 목욕이 무엇인가?』

곤 옹이 멍한 투로 그렇게 말했다.

"따라와 보면 알아. 그리고 페르는 도망치지 말고. 도망치면 목욕할 때까지 밥은 없을 줄 알아."

선수를 쳐두는 게 좋을 것 같아서 나는 페르에게 그렇게 선언했다.

"우와아~ 역시 넓구나~."

허리에 타월을 두르고 목욕탕에 들어간 나는 탄성을 터뜨렸다.

사전에 봐서 이 목욕탕이 넓고 호화스럽다는 건 알고 있었지만 몇 번을 봐도 놀라웠다.

늘 그렇듯 이곳을 만든 건 귀족님이라고 하는데, 이만큼 호화스럽게 만든 걸 보면 상당히 목욕을 좋아했거나 상당히 허영심이 강했던 거겠지.

페르, 곤 옹과 함께 들어와도 여유가 있을 만큼 크다니, 무슨 대중목욕탕도 아니고.

『뭐야, 목욕이라는 것은 몸을 씻는 걸 가리키는 겐가.』

"쯧쯧쯧. 곤 옹, 그냥 몸을 씻는 거랑 목욕을 똑같다고 생각하면 곤란해. 목욕은 뜨거운 물에 몸을 담그는 거야. 그게 최고로 기분 좋은 거라고."

부디 곤 옹도 목욕이 얼마나 기분 좋은지 알아주었으면 좋겠다.

이렇게 목욕탕이 넓기에 곤 옹도 목욕을 마음껏 즐길 수 있는 것이니.

『목욕~!』

『야호, 이게 얼마만의 목욕이야!』

목욕을 좋아하는 드라 짱과 스이는 잔뜩 들떠서 커다란 욕조로 뛰어들려 했다.

"자자, 멈춰! 들어가기 전에 뜨거운 물을 끼얹어서 간단히 씻어야지."

『네에~.』

『칫, 깜박했네.』

아이템 박스에서 들통을 꺼내 뜨거운 물을 퍼서 드라 짱과 스이에게 끼얹어 주었다.

"자, 됐어."

이번에야말로 드라 짱과 스이는 욕조로 뛰어들었다.

『하아~ 기분 좋네~.』

『기분 좋아~.』

"스이, 편히 쉬려고 하는 데 미안하지만 페르한테 뜨거운 물 좀 끼얹어 주겠니?"

『알겠어~.』

그렇게 말하더니 스이가 촉수를 쭈욱 뻗어서 샤워기처럼 페르의 몸 위에 뜨거운 물을 뿌렸다.

"곤 옹은 페르 다음에 씻을 테니까 잠깐 기다려."

『그래, 알았네.』

"어디 보자, 이 정도면 되려나."

페르의 몸이 충분히 젖었기에 아이템 박스에서 새로 산 애견용 샴푸를 꺼냈다.

"훗훗후, 이번에는 드러그 스토어에서 새로운 걸 사봤어. 이런 건 드러그 스토어 쪽이 종류가 많거든. 아무튼, 이번에 산 건 유기농 애견 샴푸야. 100% 식물성 소재로 만든 저자극 샴푸인데 때를 부드럽게 씻겨내서 털을 포근하고 부드럽게 해준대."

『그런 건 아무래도 좋다. 씻을 거면 빨리 해라.』

온몸이 젖은 감촉이 싫은 것인지 페르가 얼굴을 찌푸리며 말했다.

『저런저런, 혹시 펜리르씩이나 되는 자가 물을 무서워하는 것이냐?』

언짢아하는 페르의 모습을 보고 곤 옹이 놀리는 투로 그렇게 말했다.

『무서울 리가 없잖아. 그냥 싫은 것뿐이다.』

페르가 울컥해서 반론했다.

"그래그래, 알았어. 그럼 얼른 씻어보실까."

손에 유기농 애견 샴푸를 듬뿍 따라서 페르를 북북 씻겨 나갔다.

『이왕 씻기로 했으니, 목이랑 가슴 부분을 꼼꼼히 씻어다오.』

"알겠어."

북북, 북북.

『거기도 꼼꼼히 씻어라.』

북북북북.

『거기도.』

북북북북북북.

"후우~ 이 정도면 되겠지?"

『음.』

"스이, 페르한테 묻은 거품을 씻어줘~."

『네~에.』

스이가 촉수 샤워기로 페르의 몸에 묻은 거품을 차근차근 씻겨 나갔다.

"좋아, 잘했어. 가만, 잠깐 기다려~!"

내가 말릴 새도 없이 페르가 요란하게 몸을 탈탈 털었다.

"퉤퉤. 사람이 말리면 좀 들으라고~."

『알 게 뭐냐. 나는 먼저 나가 있으마.』

그렇게 말하더니 페르는 냉큼 목욕탕을 뒤로했다.

"젠장~."

『후하하하하하, 고생이 많군그래, 주공.』

"음? 곤 옹은 괜찮았어?"

『당연하지. 마법으로 막았으니 말이야.』

"혹시 결계 마법이야? 페르가 할 수 있으니 곤 옹도 할 수 있을 것 아냐."

『정답이네.』

"뭐야, 그럼 나한테도 걸어주지 그랬어."

『부탁을 했어야지.』

젠장.

머리 쪽에 뜨거운 물을 듬뿍 끼얹어서 딱 달라붙은 페르의 털을 씻어낸 후, 곤 옹을 씻기는 일에 착수했다.

"좋았어~ 다음은 곤 옹 차례야. 스이, 곤 옹한테 뜨거운 물을 끼얹어줘."

『알았어~.』

곤 옹에게 스이가 촉수 샤워기로 물을 뿌린다.

"으음, 샴푸는 뭘 써야 할지 모르겠으니까 일단 우리가 쓰고 있는 보디 워시를 쓰면 되려나."

보디 워시를 곤 옹의 몸에 마구 바른 후, 아이템 박스에서 드러그 스토어에서 구입한 어떤 물건을 꺼냈다.

"짜안~ 청소용 솔~. 곤 옹을 씻기는 데는 이게 딱일 것 같아서 사봤어."

『무엇인가, 그건.』

"이렇게 쓰는 거야."

곤 옹의 몸을 청소용 솔로 슥삭슥삭 문질러 나갔다.

『오~ 이거 꽤 기분 좋군그래.』

기분이 좋은지 곤 옹은 눈을 감은 채 그렇게 말했다.

"으에엑, 거품이 검어지기 시작했어. 곤 옹, 꽤 많이 지저분했었네."

『주공, 좀 더 힘을 줘서 문질러 주겠나.』

"그래그래, 알겠어."

힘을 줘서 옆구리, 등, 꼬리를 청소용 솔로 문질러 나갔다.

슥삭슥삭, 슥삭슥삭.

"아⋯⋯."

허리에 두르고 있던 타월이 풀어져서 팔락 떨어졌다.

"뭐, 됐어."

슥삭슥삭, 슥삭슥삭, 슥삭슥삭, 슥삭슥삭.

"휴우~ 이제 절반이네. 그나저나 알몸으로 드래곤을 씻는 내 모습이라⋯⋯. 엄청 이상해 보일 것 같아⋯⋯. 얼른 끝내야지."

슥삭슥삭, 슥삭슥삭.

슥삭슥삭, 슥삭슥삭.

겨우 곤 옹의 몸을 다 문지른 후 스이에게 씻겨달라고 했다.

『그럼, 그 물에 들어가면 되는 겐가?』

"잠깐 기다려. 곤 옹이 들어가면 단숨에 뜨거운 물이 적어질 테니 내가 들어간 다음에 천천히 들어와."

『음, 알겠다.』

내가 들어간 후, 들어오라고 하자 곤 옹이 천천히 욕조로 들어왔다.

『우왁.』

『아와와.』

넘쳐나는 뜨거운 물과 함께 쓸려나갈 뻔한 드라 짱과 스이를 붙잡았다.

『으으~ 이게 주공이 말한 목욕인가. 제법 기분 좋군그래.』

"그렇지? 뭐, 곤 옹의 경우에는 이만큼 넓은 목욕탕이 아니면 몸을 담글 수 없다는 게 흠이지만."

그러고 보니 카레리나에 있는 집의 목욕탕은······.

이거 돌아가면 확장공사를 의뢰해야겠네.

『그나저나 주공, 오늘 먹은 카라아게라는 것은 전해 들은 것 이상으로 맛있더군. 앞으로 그렇게 맛있는 걸 먹을 수 있다고 생각하니 실로 기대되는군그래.』

『주인이 만든 밥은 언제나 맛있어~.』

『아침부터 우리가 좋아하는 고기가 나온다고. 최고야.』

『호오~ 아침부터 맛있는 걸 먹을 수 있는 겐가. 이야, 주공의 사역마가 되길 정말 잘했구먼.』

"아니아니, 아침부터 고기를 내놓는 건 너희가 고기 타령을 해서 그런 거거든?"

나는 따로 만든 산뜻한 음식을 먹고 있다고.

그나저나 살짝 신경 쓰이는 게 있었는데······.

"뭔가 말이야, 오늘 카라아게를 만들 때 평소보다 빠르게 됐다고 해야 할지, 평소보다 스무스하게 조리가 되더라고. 기분 탓인가?"

『레벨이 올라서 그런 것 아냐?』

"내 입으로 말하기는 좀 그렇지만, 두 번째로 던전에 들어갔을 때는 레벨이 올라갈 만한 짓은 안 했어. 드라 짱도 같이 있었으니까 알잖아."

『듣고 보니 그러네. 넌 드롭 아이템을 줍는 일 정도만 했잖아.』

"그렇지? 싸우지 않았으니 레벨이 올랐을 리가 없는데……."

『그럼 모종의 칭호가 붙었기 때문일지도 모르겠군그래.』

나와 드라 짱의 이야기를 듣고 있던 곤 옹이 그런 소리를 했다.

『이유는 모르겠지만 가끔씩 용사라 불리는 자가 나를 찾아올 때가 있네. 그런데 그중 한 명이 말이지…….』

자신은 에인션트 드래곤이라고 몇 번이나 설명을 했지만 상대는 들은 척도 안 했다고 한다.

곤 옹은 『귀찮아지기 시작했지만, 왜소한 인간이 당당하게 나와 싸우러 온 것만은 칭찬해 줄만 해서 말이네. 뿌직, 하고 죽이는 건 불쌍하다 싶어서 죽지 않을 정도로만 상대해 주었지』라고 말을 이었다.

하지만 상대도 안 되는 것은 물론이고 역습까지 당하자 그 용사는 상당히 충격을 받았는지 "나는 용사라고! 용사 칭호가 있으면 모든 스테이터스에 보정이 붙는다고! 나는 최강인데 왜 너한테는 안 통하는 건데!" 따위의 말을 시끄럽게 떠들어댔다는 모양이다.

더는 못 어울려주겠다 싶어서 곤 옹은 그 자리를 뒤로했다고 한다. 하지만 그 용사에 관한 기억은 머릿속에 선명하게 남아서, 나에게도 모종의 칭호가 생겨서 보정이 붙은 걸지도 모른다는 생각에 다다랐다는 모양이다.

"그렇구나~."

『뭐야, 역시 칭호가 있지 않나.』

"곤 옹도 역시 감정 스킬을 갖고 있구나. 근데 칭호가 있다고? 어, 요전에 내 스테이터스를 확인했을 때는 없었는데……."

나도 허둥지둥 내 스테이터스를 확인했다.

【이름】무코다(츠요시 무코다)

【나이】27

【종족】일단 인간

【칭호】고독한 요리사

【직업】요리사, 모험가? 휩쓸린 이세계인

【레벨】90

【체력】508

【마력】499

【공격력】495

【방어력】480

【민첩성】394

【스킬】감정, 아이템 박스, 불 마법, 흙 마법, 사역마, 완전 방어,
　　　획득 경험치 두 배 증가

사역마(계약 마수) 펜리르, 휴즈 슬라임, 픽시 드래곤

에인션트 드래곤(300년 한정)

【고유 스킬】인터넷 슈퍼

《외부 브랜드》후미야, 리큐어 샵 다나카, 마츠무라 키요미

【가호】바람의 여신 닌릴의 가호(소), 불의 여신 아그니의 가호(소),
　　　대지의 여신 키샤르의 가호(소), 창조신 데미우르고스의 가

호(소)

"고독한, 요리사?"

어? 뭐야, 고독한 요리사라니.

스테이터스가 적힌 반투명한 창의 '고독한 요리사'라는 글씨에 손을 대자 설명문이 나타났다.

【고독한 요리사……혼자서 대량의 맛있는 요리를 만들어온 자에게만 주어지는 칭호. 혼자서 하는 조리 작업이 능숙해지고 속도도 빨라진다.】

좋았어! 혼자서 하는 조리 작업이 능숙해지고 속도도 빨라진대. 덕분에 요리도 더 잘 되겠어.

……라고 기뻐할 것 같냐~~~!

아니, 은근슬쩍 직업란에도 요리사가 제일 앞으로 와 있잖아!

모험가? 라니, 물음표는 왜 붙는 건데!

나름 정식으로 등록된 모험가라고!

"아니, 이런 칭호는 하나도 기쁘지가 않거드으으은?!"

나의 허무한 외침이 목욕탕 안에 울려 퍼졌다.

아침 식사를 마친 먹보 콰르텟, 페르, 곤 옹, 드라 짱, 스이는 만족스러울 만큼 배를 채웠는지 각자 거실에서 느긋하게 쉬고 있다.

　당연하다는 듯이 아침부터 고기를 주문한 모두를 위해 기간트 미노타우로스 고기로 소고기 덮밥을 만들어 주었는데, 이전에 비해 조리 속도가 엄청 빨라졌다.

　칭호인 '고독한 요리사' 덕분이겠지만 그 사실을 자각했다고 해야 할지, 칭호가 붙었다는 걸 알고 의식하게 되어 더더욱 그렇게 느껴지는 것 같다.

　뭐, 메밀국수용 츠유를 사용해서 간단하게 만든 탓도 있겠지만.

　그럼에도 고기와 양파를 썰 때의 칼질이, 나조차도 넋이 나갈 만큼 잘 됐었지.

　괜히 서글퍼지게 말이야.

　그나저나 고독한 요리사라.

　뭐라 평가하기 어려운 칭호가 붙어 버렸네…….

　혼자서 하는 조리 작업이 능숙해지고 속도도 빨라진다고 하니, 참고 받아들이는 수밖에 없으려나.

　"하아, 드롭 아이템이나 정리하며 기분 전환을 해야지."

　아이템 박스에 들어있던 드롭 아이템을 꺼내기 시작했다.

　"으음, 즐라토로그 모피에 발굽에 마석. 그러고 보니 또 즐라토로그의 모피를 손에 넣었었지."

즐라토로그의 모피는 이로써 세 장째인가.

상당히 귀중한 물건이라는데 파는 것 말고는 써먹을 데가 없단 말이지.

트리스탄 씨의 말로는 너무 비싼 나머지 모험가 길드에서도 좀처럼 손을 댈 수가 없다고 했었고.

이건 그냥 임금님한테 헌상해버리는 게 나을지도 모르겠네.

이왕 마음을 먹었으니 이곳, 엘만 왕국의 임금님과 레온하르트 왕국의 임금님, 양쪽에 모두 선물하는 게 좋겠어.

우리의 생활권이라 할 수 있는 장소니까.

그러는 편이 여러모로 편의를 봐줄 것 같기도 하고.

하지만 똑같이 모피를 헌상하는 건 별로 좋지 않을 것도 같은데.

뭐, 그런 부분은 트리스탄 씨에게 상의하도록 할까.

"어이쿠, 그 생각은 나중에 하고 정리나 계속하자. 바이올렛 베리는 우리끼리 먹을 거니 상관없고, 다음은 포이즌 벌처의 마석(극소)인가. 으엑, 꽤 많네. 1, 2, 3, 4, 5……."

…………………

…………

……

"좋아, 끝났다, 끝났어."

눈에 띄는 물건만 주워온 덕에 지난번만큼 정리에 시간이 걸리지는 않았다.

커피를 마시며 느긋하게 하다 보니 점심시간을 사이에 끼고 거의 하루 종일 걸리기는 했지만.

페르, 곤 옹, 드라 짱, 스이는 점심을 먹고 거실에서 기분 좋게 낮잠을 자고 있다.

참고로 두 번째로 들어간 던전의 40계층부터 47계층까지에서 회수한 드롭 아이템은 아래와 같다.

【드롭 아이템】

즐라토로그의 모피 × 1, 즐라토로그의 발굽 × 2, 즐라토로그의 마석(특대) × 1, 포이즌 벌처의 마석(극소) × 117, 자이언트 샌드 스콜피온의 독침 × 32, 자이언트 샌드 스콜피온의 마석(중) × 14, 샌드웜의 이빨 × 39, 샌드웜의 마석(대) × 18, 데스사이드 와인더의 가죽 × 48, 데스사이드 와인더의 독주머니 × 28, 데스사이드 와인더의 마석(대) × 22, 샌드 골렘의 마석(중) × 11, 아펩의 가죽 × 1, 아펩의 독액 × 3, 아펩의 마석(초특대) × 1, 암미트의 가죽 × 1, 암미트의 보물상자 × 1(블루다이아몬드(특대)가 들어 있음), 암미트의 마석(초특대) × 1, 스노 자이언트 혼 래빗의 모피 × 88, 스노 자이언트 혼 래빗의 뿔 × 52, 스노 자이언트 혼 래빗의 마석(극소) × 12, 스노 꼬꼬의 부리 × 66, 스노 꼬꼬의 깃털 × 24, 스노 카리부의 뿔 × 6, 스노 카리부의 모피 × 10, 스노 카리부의 마석(소) × 13, 스노 팬서의 모피 × 8, 스노 팬서의 마석(중) × 8, 자이언트 스노 타이거의 모피 × 5, 자이언트 스노 타이거의 어금니 × 4, 자이언트 스노 타이거의 마석(대) × 6, 예티의 마석(특대) × 1, 예티의 보물 상자 × 1, 예티의 망토 × 1, 아이스 드래곤의 가죽 × 1, 아이스 드래곤의 안구 × 1, 아이스 드래곤의 간 × 1, 아이스 드래곤의 어금니 × 1, 아이스 드래곤의 마석(초특대) × 1, 블랙 드래곤의 가죽 × 1, 블랙 드래곤의 발톱 × 1, 블랙 드래곤의 주골 × 1, 블랙 드래곤의 마석(초특대) × 1

【곤 옹이 모아둔 금은보화】
금 주괴 × 132, 루비(대) × 18, 사파이어(대) × 15, 다이아몬드(대) × 16, 에메랄드(대) × 13, 오팔(대) × 20, 아메지스트(대) × 21, 아쿠아마린(대) × 19, 다이아몬드 반지 × 4, 다이아몬드 브로치 × 5, 다이아몬드 목걸이 × 3, 다이아몬드 티아라 × 2, 사파이어 반지 × 3, 사파이어 목걸이 × 2, 사파이어 팔찌 × 3, 사파이어 귀걸이 × 3, 사파이어 티아라 × 1, 루비 반지 × 3, 루비 목걸이 × 3, 루비 브로치 × 1, 루비 귀걸이 × 2, 에메랄드 반지 × 3, 에메랄드 목걸이 × 1, 에메랄드 티아라 × 1, 에메랄드 귀걸이 × 2, 에메랄드 브로치 × 2, 오팔 브로치 × 6, 페리도트 팔찌 × 2, 페리도트 귀걸이 × 3, 아쿠아마린 티아라 × 3, 알렉산드라이트 브로치 × 1, 탄자나이트 목걸이 × 1, 해독의 반지 × 2, 해독의 목걸이 × 1, 방어의 반지 × 2, 방어의 목걸이 × 1, 마력회복의 반지 × 1, 바람 마법의 반지 × 3, 불 마법의 반지 × 2, 매직 백(중) × 2, 매직 백(대) × 1, 마검 흐룬팅 × 1, 마검 그람 × 1, 마검 에케작스 × 1 등등.

곤 옹이 모아뒀던 금은보화가 무진장 많네…….

보석은 큰 것들만, 보석 장식품은 큼지막한 보석이 장식된 것과 디자인이 세련된 것들만 골라 모으고 자잘한 것들은 내버려뒀다니 실제로는 더 많았을 거다.

곤 옹 녀석, 200년 동안 블랙 드래곤을 얼마나 뿌직, 하고 죽인 거야.

목록으로 정리하다 보니 블랙 드래곤이 살짝 불쌍해지기 시작했다고.

그건 그렇고 일단 정리는 끝났다.

내일 모험가 길드에 가기로 약속했는데 얼마나 매입해줄까.

아, 물론 마검은 아이템 박스에 봉인해 두기로 해서 트리스탄 씨에게 보여줄 리스트에서는 뺐다.

이런 건 도저히 팔려고 내놓을 수가 없으니까.

◇　◇　◇　◇　◇

"이야아, 이번에도 좋은 거래를 했습니다. 정말로 감사합니다."

우리 일행은 약속한 대로 모험가 길드로 향했다.

먹보 콰르텟인 페르, 곤 옹, 드라 짱, 스이도 나를 따라와서 오늘은 처음부터 창고로 안내를 받았다.

그리고 무사히 거래가 끝난 참이다.

이번에는 지난번 거래 후로 자금을 충분히 준비해 두었는지 방긋방긋 웃는 얼굴로 한꺼번에 현금으로 지불하겠다며 대금을 준비하고 있는 중이었다.

트리스탄 씨는 이번 거래도 만족스러웠는지 동석한 곤 옹을 보고 겁을 먹기는 했어도 얼굴에서 웃음이 가시질 않았다.

"그나저나 굉장하구만. 이렇게 많은 드롭 아이템을 가지고 돌아온 녀석은 처음 봤어."

곤 옹을 보고 겁을 먹은 트리스탄 씨가 애원을 한 것인지 바르톨로메오 씨도 동석하고 있었다.

"이야, 저희 경우에는 전력이 과한 면이 있으니까요……. 게다가 매입해주신 보석 장식품류는 대부분 에인션트 드래곤인 곤 옹이 모아둔 거거든요."

『내가 자고 있건만 멍청한 블랙 드래곤이 시끄럽고 굴어서 말이다. 몇 번을 죽였는지 모르겠지만, 그 녀석은 정말 바보였다. 뭐, 그 덕분에 밥 걱정은 안 해도 됐지만 말이지.』

우리와 트리스탄 씨와 바르톨로메오 씨밖에 없어서 곤 옹이 거침없이 목소리를 내서 그렇게 말했다.

곤 옹의 말에 따르면 드롭된 고기는 먹고 가죽이니 어금니 같은 건 관심이 없어서 방치했으며 보물 상자나 그 안에 들어있던 보물만 그 동굴에 모아두었던 모양이다.

뭐, 그것도 매번 빠짐없이 챙긴 것은 아니고 마음이 내킬 때만 그랬던 듯하지만.

아무튼 그럼에도 양이 엄청났으니 곤 옹이 대체 얼마나 많은 블랙 드래곤을 처치했을지 짐작도 안 되었다.

트리스탄 씨도 바르톨로메오 씨도 곤 옹의 이야기를 듣고 뺨을 씰룩거리고 있잖아.

"뭐, 어쨌든 하나같이 근사한 물건들이라 저희로서는 감사할 따름입니다."

이번에도 트리스탄 씨는 보석과 보석 장식품을 중심으로 매입해주어서 이쪽이야말로 고마울 따름이었다.

보석과 장식품은 내가 가지고 있어봐야 돼지 목에 진주 목걸이 같은 꼴이니까.

트리스탄 씨는 일단 극소 사이즈부터 대형까지의 모든 마석과 스노 자이언트 혼 래빗의 모피, 스노 카리부의 모피, 자이언트 스노 타이거의 모피를 전부 매입해주었다.

한랭지에만 서식하는 마물의 모피를 손에 넣을 기회는 지금뿐이라며 신이 나서 매입하셨지.

그리고 고민을 하는 눈치이더니 아이스 드래곤의 안구도 구입하셨다.

"이왕이면 간을……"이라고 중얼거렸지만 바르톨로메오 씨가 "지금은 괜찮은 거냐?"라고 딴죽을 걸자 차선책으로 안구를 선택한 듯했다.

드래곤의 소재를 살 절호의 기회라고 생각했는지, 드롭 아이템 리스트를 보여주자 트리스탄 씨는 기합이 잔뜩 들어간 목소리로 "무조건 사겠습니다!"라고 소리쳤을 정도였으니까.

그러고서 보석과 장식품류를 매입했다.

금 주괴와 큼지막한 보석들, 매직 백(중)과 (대), 그리고 자잘한 보석과 장식품들도 모조리 매입해주셨다.

큼지막한 보석이 달린 것이나 디자인이 세련된 장식품, 해독의

반지 같은 마도구류도 트리스탄 씨는 엄청 사들이고 싶은 눈치였
지만 아무래도 자금이 바닥난 듯했다.

그리고 그중에서 가장 트리스탄 씨의 눈길을 끌었으며 미련이
많은 듯한 물건은⋯⋯.

"하아~ 한숨이 절로 나올 만큼 아름다운 광채로군요."

그렇게 말하며 트리스탄 씨가 황홀한 눈으로 바라본 것은 44
계층의 보스인 암미트에게서 나온 드롭 아이템, 블루 다이아몬
드였다.

뭔가 위험해 보이는 물건이라 얼른 사주셨으면 했는데⋯⋯.

이렇게 커다랗고 희소가치가 높은 블루 다이아몬드를 매입하
기에는 자금이⋯⋯ 라면서 트리스탄 씨도 단념했다.

지난번에 보여드렸던 즐라토로그의 모피와 마찬가지로 지금의
자금으로도 못 살 건 없지만 이걸 사면 다른 것을 매입할 수 없게
된다는 모양이었다.

"이봐, 그만 좀 하지. 무코다가 난처해하잖아."

바르톨로메오 씨가 그렇게 말하자 트리스탄 씨가 퍼뜩 정신을
차리고 블루 다이아몬드를 내게 돌려주었다.

"죄송합니다. 너무도 근사해서 저도 모르게."

트리스탄 씨에게서 건네받은 블루 다이아몬드를 원래 있던 상
자에 도로 넣고 아이템 박스에 집어넣었다.

아쉽다는 듯이 내 손을 물끄러미 쳐다보는 트리스탄 씨의 태도
를 보아하니 감정 결과에 있던 일화도 아주 거짓말은 아닐 것 같네.

나 원, 나한테는 무용지물이라 얼른 팔아버리고 싶은데.

그렇게 시간을 보내다 보니 매입 대금이 준비된 모양이었다.

"그러면 이쪽이 매입 대금인 총합 금화 5만 5000닢입니다. 물론 이번에도 백금화로 준비했습니다."

그런 말과 함께 테이블에 마대 세 개를 두둥 하고 내려놓았다.

"이번에도 저번과 마찬가지로 큰 거래였습니다. 근사한 물건으로 좋은 거래를 해주셔서 정말로 감사할 따름입니다."

매우 만족스러운지 트리스탄 씨가 방긋방긋 웃는 얼굴로 말했다.

"그럼 확인해보시지요."

매입 대금은 사전에 들었지만 새삼 실물을 보니 덜컥 겁이 나네.

나는 마른침을 꿀꺽 삼킨 후, 신중하게 백금화의 숫자를 세기 시작했다.

3, 3, 4로 10닢, 3, 3, 4로 20닢, 3, 3, 4로 30닢………….

"정확히 백금화 550닢이군요."

"이야아, 정말로 좋은 거래였습니다. 이번에도 거래에 내놓으면 그 즉시 완판될 물건들뿐이었으니까요. <u>므흐흐흐흐흐흐</u>. 게다가 평소에는 보기 힘든 여러 가지 물건들을 구경한 것만으로도 눈 호강…… 아니, 많은 공부가 되었습니다."

잔뜩 들떠서 트리스탄 씨가 그런 소리를 하자 바르톨로메오 씨는 어이가 없다는 표정이었다.

"나 원, 이상한 소리로 웃지 말라고. 눈 호강을 한 건 사실이지만. 나도 원래는 A랭크까지 갔던 모험가지만, 이만한 드롭 아이템을 본 건 처음이야. 덕분에 귀중한 체험을 했어."

아, 아아, 그거 다행이네요.

아, 두 분이 같이 있으니 마침 잘됐다.

트리스탄 씨뿐 아니라 바르톨로메오 씨의 의견도 들으면 마음이 든든해질 테니까.

나는 엘만 왕국과 레온하르트 왕국의 임금님들에게 보낼 헌상품에 관해 상의해보았다.

"약소하게나마 성의를 표해두어야 두고두고 귀찮은 일을 줄일 수 있지 않을까 싶어서요."

"뭐, 그야 그렇지요."

"일리 있는 말이야."

트리스탄 씨와 바르톨로메오 씨가 응응, 하고 고개를 끄덕였다.

이전에도 몇 번인가 레온하르트 왕국에 헌상품을 보냈더니 여러모로 편의를 봐주었던 일도 두 분에게 말씀드렸다.

"아무튼 무엇을 헌상품으로 보내면 좋을지를 상의하고 싶은데요. 즐라토로그의 모피가 세 장 있으니 각각 보내면 어떨까 했는데, 같은 헌상품을 보내면 문제가 되지 않을까 싶어서……."

그렇게 말하자 트리스탄 씨가 "같은 물건을 헌상품으로 보내는 건 그만두는 게 좋겠군요"라고 곧장 이의를 제기했다.

특권 계급의 정점이라 할 수 있는 왕족이 같은 물건을 지니는 것은 왕족으로서나 대외적으로나 좋지 않다고 한다.

"그렇다면 엘만 왕국에는 즐라토로그의 뿔과 다이아몬드 반지, 사파이어 반지와 루비 반지를, 레온하르트 왕국에는 즐라토로그의 모피와 다이아몬드 목걸이, 루비 목걸이를 보내는 건 어떨까요?"

이렇게 하면 어느 쪽이 많다거나 더 값어치 있는 물건이라는 소리가 나오지 않을 테니 문제가 되지는 않을 것 같은데.

참고로 반지는 세 개, 목걸이는 두 개인 것은 사용된 보석의 숫자로 치면 목걸이 쪽이 더 많아서 나름대로 균형을 잡은 거다.

"즐라토로그의 뿔과 모피는 괜찮을 것 같지만 보석 쪽은 문제가 될 수 있겠군요. 보석으로 치장을 하실 분은 아마도 왕비님일 겁니다. 그러하니 같은 종류의 액세서리보다는 반지와 목걸이, 귀걸이 등등 여러 종류를 보내는 게 좋을 것 같군요. 그리고 보석도 통일성을 부여하는 게 좋겠습니다. 다이아몬드로 예를 들자면 다이아몬드 반지와 목걸이, 귀걸이 같은 식으로 말이죠."

트리스탄 씨의 의견을 듣고 내심 납득했다.

트리스탄 씨의 말에 따르면 반지를 세 개 보내면 그중 하나밖에 착용할 수 없으니, 그럴 바에는 반지와 목걸이와 귀걸이, 세 가지를 세트로 보내는 편이 왕족 주최 야회(夜會) 등에서도 착용할 수 있어서 좋아할 것이라고 한다.

"하물며 무코다 씨가 헌상하려 하는 것들은 어느 것 할 것 없이 근사한 물건들입니다. 야회 등에서도 주목의 대상이 될 게 분명하니 왕비님께서도 필시 만족하실 테지요."

오호라.

주도권을 아내가 쥐고 있는 가정도 꽤 많으니 왕비님의 비위를 맞춰둬서 손해 볼 일은 없을 거라 생각하긴 했지만, 그런 식의 배려도 필요한 건가.

"그렇다면 내 생각도 하나 보태도록 할까. 레온하르트 쪽은 다이아몬드 목걸이는 괜찮다 쳐도 루비 목걸이는 관두는 게 좋을 거다. 전에도 루비 펜던트 같은 걸 보냈었다며? 같은 것보다는 다른 보석을 보내는 게 좋지 않을까?"

듣고 보니.

바르톨로메오 씨, 용케 알아챘네.

그러고 보니 펜던트 톱에 큼지막한 루비가 박힌 펜던트를 보냈었지.

확실히 루비 목걸이를 보내면 그거랑 겹치겠네.

"으음~ 그렇다면…………."

그 후 이런저런 의견을 주고받아 헌상품을 정해 나갔다.

그렇게 트리스탄 씨와 바르톨로메오 씨의 조언을 받아 결정한 헌상품이 이거다.

엘만 왕국에는 즐라토로그의 뿔과 사파이어 반지, 사파이어 목걸이, 사파이어 귀걸이를.

레온하르트 왕국에는 즐라토로그의 모피와 에메랄드 반지, 에메랄드 목걸이, 에메랄드 브로치를 보내기로 했다.

엘만 왕국으로 보내는 헌상품은 트리스탄 씨가 책임지고 엘만 왕국의 임금님에게 전해주겠다고 한다.

나름 중요 안건이었던 것이 마무리되어 한시름 놓았다는 생각을 하며, 우리 일행은 두 사람에게 인사하고 모험가 길드를 뒤로 했다.

◇ ◇ ◇ ◇ ◇

드롭 아이템 거래를 마친 다음 날은 느긋하게 쉬기로 했다.

날씨도 좋기에 페르, 곤 옹, 드라 짱, 스이와 함께 정원으로 나섰다.

페르와 곤 옹과 드라 짱은 잔디밭 위에서 쿨쿨 낮잠을 자고 있다.

스이는 기운차게 놀았지만.

아니 뭐, 결국은 페르의 폭신한 털을 이불 삼아 쿨쿨 잠들었지만 말이지.

스이와 같이 놀아주다 보니 나는 조금 피곤했다.

무엇보다도 우리가 정원에 있는 걸 누가 발견했는지, 그 소문이 퍼져서 하루 종일 구경꾼이 끊이지 않아 쓴웃음만 짓고 있었다.

구경꾼들이 몰려왔는데도 주눅이 들기는커녕 태연하게 계속 잠을 자는 먹보 콰르텟의 대범함에도 쓴웃음이 지어졌지만.

그리고 오늘은 다시 모험가 길드를 찾았다.

페르, 곤 옹, 드라 짱, 스이까지 모두 데리고.

목적은 정보 수집이다.

힐슈펠트에서 했던 사회봉사를 이곳에서도 하려는 것이다.

그를 위해 우선은 교회와 고아원에 관한 정보 수집을 하려는 거다.

트리스탄 씨를 만나는 데는 그리 오래 걸리지 않았고, 여러 가지 정보를 얻을 수 있었다.

어김없이 곤 옹의 모습을 보고 겁을 먹으셨지만.

"사회봉사입니까. 그것참 좋은 마음가짐이로군요. 이 도시는 이 나라에서도 왕도에 버금가는 규모이다 보니 크고 작은 온갖 교회들이 모여 있고, 거기에 부설된 고아원도 그럭저럭 많습니다. 신자 수와 관련이 있어서 수입에는 다소 차이가 있지만 어느 곳 할 것 없이 청빈한 생활을 하고 있는 듯하더군요."

그러고서 트리스탄 씨는 떨떠름한 표정을 지은 채 "한 곳을 제외하고는……"이라고 말을 이었다.

트리스탄 씨가 말한 그 한 곳이 바로 르바노프교의 교회였다.

일전의 인간족 지상주의를 주창하던 종교다.

평소부터 트리스탄 씨는 르바노프교를 흔쾌히 여기지 않았었는지 여러 가지 악평을 남김없이, 끊임없이 알려주었다.

본국에서 보내오는 풍요로운 자금 덕분에 사제를 비롯한 교회 구성원들은, 청빈함과는 거리가 먼 사치스러운 생활을 누리고 있다고 한다.

그리고 그 풍요로운 자금에 눈독을 들이고 악한 이들이 모여든 탓에 좋지 않은 소문이 끊이질않는다는 모양이다.

심지어는 이 도시의 동쪽 지구(빈민들이 모여 사는 슬럼이다)에서 사람을 납치해 노예로 타국에 팔아치우고 있다는 소문까지 있다는 듯했다.

여태 꼬리를 잡히지는 않았지만 트리스탄 씨가 보기에는 십중팔구 사실일 것이라는 말도 덧붙였다.

"인간족 지상주의를 주창하는 르바노프교는 이 나라에서도 당연히 엘프, 드워프는 인간족보다 못한 종족이라고 서슴없이 떠들고 다닙니다. 하지만 애초에 그런 교의는 모두가 사이좋게 살고 있는 이 나라에서 환영받지 못하고 있죠. 그 증거로 이 도시에 르바노프교의 신자는 거의 없습니다."

이 도시의 르바노프교 신자는 거의 타국에서 흘러든 이들로 이루어져 있다는 듯했다.

심지어 숫자도 적다.

"그럼에도 저는 이 나라에서 르바노프교가 인간족 지상주의의 교의를 소리 높여 선전하고 다니는 걸 도저히 용납할 수가 없습니다."

트리스탄 씨답지 않게 분노가 담긴 강한 어조로 그렇게 단언하기까지 했다.

"저기, 트리스탄 씨?"

"아아, 죄송합니다. 저도 모르게 흥분하고 말았군요. 사실 저의 증조부께서 드워프란 말이죠. 제가 성인이 되기 1년 전에 돌아가셨지만요. 험상궂은 얼굴에 일을 어정쩡하게 하는 녀석들에게는 불호령을 하는 분이었지만 저에게는 다정한 증조부셨습니다."

그 드워프 증조할아버지에 대한 기억이 떠올랐는지 트리스탄 씨의 표정도 부드러워졌다.

"르바노프교는 그 다정했던 증조부를 모욕하는 것 같아서 곱게 봐줄 수가 없군요."

트리스탄 씨가 다시 떨떠름한 표정을 지은 채 그렇게 말했다.

아하.

가족 중에 드워프가 있었구나.

그렇다면 트리스탄 씨의 마음도 이해가 되는걸.

그런 가족이 없어도 르바노프교의 교의에는 눈살이 찌푸려질 따름이지만.

당연히 르바노프교에는 기부를 하지 않기로 마음을 먹었다.

아닌 게 아니라 할 이유가 없다.

그 교단에 기부할 바에는 돈을 시궁창에 버리는 게 차라리 낫겠어.

"많은 참고가 됐습니다."

"그러신가요, 다행입니다. 그래서, 르바노프교에는……."

"하하, 당연히 안 할 거예요. 무슨 일에 쓸지 모를 일이잖아요."

"그 말씀을 들으니 마음이 놓이는군요."

"묻고 싶은 게 하나 더 있는데요……."

우리 일행은 브릭스트의 메인 스트리트를 걷고 있었다.

곤 옹의 모습을 보고 놀라는 사람들이 아직 있기는 했지만 곤 옹의 존재 자체에 그럭저럭 적응이 되기는 했는지 소란이 일어나지는 않았다.

뭐, 우리가 지나가면 인파가 사삭, 하고 갈라지기는 했지만.

걷기 쉬워졌다고 속 편하게 생각해도 될지 모르겠네…….

『주공, 주공, 저기 있는 고기를 요구하는 바네.』

『아니, 저쪽에 있는 게 더 맛있는 냄새가 나지 않나?』

『에이~ 이쪽에 있는 찜 요리 쪽이 더 맛있어 보이잖아~.』

『스이는 있지, 전부 다 먹어보고 싶어~.』

『그 방법이 있었군.』

많고 많은 노점들을 들여다보며 먹보 콰르텟인 페르, 곤 웅, 드라 짱, 스이는 이걸 먹어보고 싶네, 저걸 먹어보고 싶네 떠들어댔다.

"하아, 저기 말이야. 너희 군것질 시켜주려고 온 게 아니거든?"

『우리도 알아.』

모두가 뻔뻔하게도 염화로 그렇게 답했다.

"뭐, 너희는 그걸 노리고 따라온 거겠지만 말야."

모험가 길드에서 정보 수집을 하고서 잠깐 장을 보러 상점가에 들를 거라고 했더니 모두 앞다퉈서 오겠다고 했었지.

상점가에는 카레리나의 집에서 기다리고 있는 식구들에게 줄 선물을 사려고 온 거지만.

좌우간 람베르트 씨와의 거래에 집에 관한 일을 전부 떠맡겨둔 상태이기 때문이다.

나로서도 이 도시를 둘러볼 좋은 기회이기도 하고(이 도시에서 둘러본 게 던전뿐이라는 건 너무 슬프니까) 상점가 이곳저곳을 구경하고 다니면 기분 전환이 될 것 같았다.

뭐, 괜찮은 가게가 어디인지는 현지인에게 물어보는 게 제일이긴 하지만.

그래서 이미 트리스탄 씨에게 추천 가게를 물어봐서 알아두었지.

"여기구나. 트리스탄 씨가 추천한 가게가."

트리스탄 씨에게 물어보니 이 도시의 특산물을 선물로 사려면 역시 보석 장식품이 좋을 것이라고 했다.

뭐니 뭐니 해도 이곳 브릭스트 던전의 특산물은 보석과 귀금속이기 때문이다.

그래서 너무 고급스럽지 않고 가격대도 적당한 장식품을 취급하는 추천 점포를 알려달라고 했다.

가게 규모가 아담하기에 페르 일행은 밖에서 기다리게 하고 나만 안으로 들어갔다.

"어서 오십시오."

부드러운 분위기의 40대 정도 되어 보이는 점주가 빙긋 웃으며 맞이해주었다.

"무엇을 찾으십니까?"

"저기, 선물할 만한 걸 찾고 있는데요……."

"흐음. 연인분께 선물하실 겁니까?"

"아뇨……."

훗, 애인이 있었던 게 언제인지도 모르겠네요.

안타깝게도요~.

"으음, 선물할 상대가 노예이기는 한데, 굳이 말하자면 가족 같은 종업원이라고나 할까요?"

"호오, 노예에게 선물이라니, 손님의 노예는 행복하겠군요."

"그렇게 생각해 주면 기쁠 것 같네요."

"예산은 어느 정도인지요?"

"으음, 개당 금화 한 닢에서 금화 한 닢에 은화 다섯 닢까지는 생각하고 있습니다."

"호오호오, 그러시군요."

점주는 노예에 쓰기에는 상당한 액수라는 생각에 살짝 놀란 눈치였지만 수입이 꽤 있었으니 이 정도쯤이야.

그 후에는 여러모로 점주와 상의하며 예산에 맞는 것을 골라 나갔다.

그렇게 해서 고른 것이……

세리야와 롯테 같은 여자애들에게 줄 선물로는 로즈 쿼츠라고 하는 핑크색 보석과 프레나이트라고 하는 투명감이 있는 녹색 보석이 박힌 머리 장식을 골랐다.

양쪽 모두 옅지만 귀여운 색을 띠고 있어서 아이들에게 어울릴 것 같았고, 기뻐해주지 않을까 싶었다.

아이야와 테레자, 그리고 타바사와 같은 성인 여성들에게 줄 선물로는 보라색, 녹색, 붉은색과 같은 진한 색을 띤 아메지스트, 페리도트, 가넷이 박힌 브로치를 골랐다.

타바사가 브로치 같은 걸 달까? 싶기는 했지만 좋아하는 사람이라도 생기면 멋을 부리고 데이트를 하러 갈 날도 오겠지.

페이터, 건투를 빈다.

그리고 코스티, 올리버, 엘릭, 토니, 앨번, 루크, 어빙, 페이터, 바르텔과 같은 남자애 & 남성진들에게 줄 선물로는 보석이 악센트로 사용된 벨트 버클을 골랐다.

솔직히 말해서 남성진들에게는 무엇이 좋을까 고민이었는데,

점주분에게 상의했더니 곧바로 해결되었다.

남성에게도 인기 있는 물건이라면서 짙은 색을 띤 보석으로 자연스럽게 악센트를 준 버클을 보여주기에 이거다 싶어서 남성진들에 대한 선물로 결정했다.

라피스 라줄리나 비취, 오닉스 등의 짙은 색을 띤 것이 사용된 것으로 남성진이 장착해도 위화감이 없을 듯해서 제법 괜찮아 보였다.

솔직히 말하자면 나도 마음에 들어서 내가 쓸 용도로 모두에게 줄 선물보다 살짝 큼직한 비취가 악센트로 쓰인 버클을 사버렸을 정도다.

뭐, 돈은 있으니 가끔은 이런 것도 괜찮지 않을까.

여러 물건들의 대금으로 금화 20닢(상담에 응해주었으니 조금 넉넉하게 지불했다)을 건네고 선물을 포장해달라고 한 후, 가게를 뒤로했다.

가게 밖에서는 페르, 곤 옹, 드라 짱, 스이가 기다리고 있었다.

『이제야 끝났군그래, 주공.』

『이제 우리와 어울려줄 차례다.』

『이 도시는 큰 만큼 노점도 많다 보니 여기저기로 눈이 간단 말이지.』

『스이, 잔~뜩 먹을 거야~!』

"뭐? 아니, 잠깐만, 군것질하러 온 게 아니라고."

『에이, 아무렴 어떤가.』

"아무렴 어떠냐니, 곤 옹. 아니, 밀지 말라고."

『우선은 아까 다 같이 상의했던 대로, 그 가게로 가지.』

"그 가게? 페르, 어느 가게를 말하는 거야?"

『자아, 이 도시의 노점은 우리를 만족시킬 수 있을까?』

"잠깐 드라 짱, 왜 미식가 행세를 하고 그래?"

『주인~ 고기 먹으러 가자~.』

"아니, 스이, 고기 먹으러 온 게 아니라고."

ᴍᴍ에이, 아무렴 어때.ᴜᴜ

"아무렴 어떠냐니, 잠깐 너희들~."

그 후, 나는 해가 질 때까지 먹보 콰르텟의 브릭스트 노점 순회에 끌려다녀야 했다.

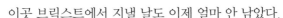
이곳 브릭스트에서 지낼 날도 이제 얼마 안 남았다.

빌린 이 집의 반납 기한인 모래에는 카레리나로 출발할 예정이다.

오늘은 트리스탄 씨에게 들은 정보를 토대로 교회와 고아원을 돌아다닐 거다.

그리고 내일은 기부 보고를 겸해서 신들에게 공물을 바칠까 생각 중이다.

사실대로 말하자면, 어제 신들에게 연락을 취했었다.

아닌 게 아니라 엄청나게 시간이 걸릴 듯한 분이 약 한 명(한 분?) 있기 때문이다.

외부 브랜드로 드러그 스토어가 들어와서 더더욱 미용에 대한 열의에 불이 붙어버린 그분 말이다.

부지런히 정보를 수집하고 다니는 것 같으니, 뭘로 할지 고르는 데만도 꽤나 시간이 걸릴 듯한 느낌이 강하게 들었다.

그런고로 어제 중에 신들에게 연락을 취해서 오늘 밤에 미리 주문을 듣기로 했다.

그때 기부에 대한 보고를 할까 싶기도 했지만, 주문을 듣는 데 다소 시간이 걸릴 것 같아서 보고는 내일 공물을 바칠 때 하려고 한다.

내일 낮에는 그 신들의 주문에 따른 공물을 차근차근 준비하고, 밤에 그걸 바칠 예정이다.

하지만 그렇게 하면 신들에게는 공물이 손에 들어올 때까지 평소보다 하루라는 시간이 더 걸리는 셈인데⋯⋯.

어젯밤에 신들에게 연락을 하면서 "여러모로 고민이 되는 분도 계실 듯해서 조금 일찍 연락을 드렸습니다"라고 에둘러 말하자 대부분의 신들은 알아챈 것인지 OK해주었지만 완강하게 반대한 분이 한 분 계셨지.

말 안 해도 알겠지만 단것을 사랑하는 유감 여신님이다.

지난번에 공물로 바친 디저트들은 먹어 치운지 오래인지, 시간을 뒤로 미루는 건 안 된다고 우겨댔다.

하지만 다른 신들이『억지 부리지 마라. 또 창조신님께 혼난다』라고 타이르자(협박하자) 마지못해 받아들였다.

뭐, 얼마 남지 않은 이 도시에서의 예정은 대충 그렇다.

평소 같았으면 며칠 걸릴 귀갓길을 위해 비축 요리를 부지런히 만들고 있었겠지만 곤 옹이 자신만만하게 자신한테 맡겨두라고 하기에 그러지 않고 있었다.

곤 옹의 말로는 카레리나 정도는 하루면 여유롭게 돌아갈 수 있다는 모양이다.

말투로 미루어 볼 때, 곤 옹의 등에 타고 돌아가게 될 것 같아서 "그거 정말 괜찮은 거야? 중간에 떨어지기라도 하면 진짜로 큰일 나거든?"이라고 몇 번이나 확인했더니『물론 괜찮네. 그럴 일 없으니 안심하시게』라고 답했다.

그 말 믿어도 되는 거지, 곤 옹?

◇ ◇ ◇ ◇ ◇

"자아, 우선 여기부터 시작해볼까."

페르, 곤 옹, 드라 짱, 스이를 데리고 교회 순회에 나섰다.

가장 먼저 찾은 곳은 불의 여신 아그니 님의 교회다.

페르는 닌릴 님의 교회부터 가자고 했지만 오늘은 돌아다닐 곳이 많으니 가까운 곳부터 순서대로 돌아다니는 게 낫다고 밀어붙였다.

트리스탄 씨의 정보에 따르면 이 도시에서는 신자 수가 세 번째로 많은 곳이라 한다.

모험가 신자가 많아서 전쟁의 신 바하근 님의 교회(그렇다, 이 도시에는 작기는 해도 바하근 님의 교회도 있었다)만큼은 아니더라도 상당한 무투파라는 모양이다.

병설된 고아원에서는 불의 여신님의 교회니 당연하기는 하지만 우수한 불 마법 사용자들 말고도 우수한 창잡이도 배출된다고 한다.

그럭저럭 넓은 교회에 페르 일행과 함께 들어서자 오래됐지만 손질이 잘 됐다는 게 느껴졌다.

아그니 님의 조각상이 중앙에 놓여 있는 교회에는 아무도 없었다.

"저기요, 아무도 안 계신가요~?"

소리쳐 보았지만 아무 대답도 없었다.

『아무도 안 나오는군. 그냥 돈만 두고 다음 곳으로 가도 되지 않겠느냐?』

"페르, 닌릴 님의 교회를 나중으로 미뤘다고 대충 넘어가려고 하지 마."

『주공, 저쪽에 사람이 있는 듯하군. 목소리가 들리는구면.』

곤 옹의 말을 듣고 귀를 기울여 보니 "야압, 야압" 하는 아이들의 기합 소리가 들려왔다.

우리는 그 목소리가 들려온 곳으로 향했다.

전방 우측에 있던 문을 열자 넓은 안뜰이 나왔다.

그곳에서는 많은 아이들이 열심히 창을 휘두르고 있었다.

"좀 더 다리에 힘을 주고 창을 휘둘러라! 그렇게 엉거주춤한 자세로는 고블린도 못 쓰러뜨린다!"

당당하게 버티고 선 여성이 아이들을 꾸짖었다.

""""""""네, 코린나 수녀님!""""""""

뭐?

저 무인 같은 여성이 수녀라고?

수녀는 좀 더 다정한 인상을 풍기는 분들일 줄 알았는데.

돌이켜 보니 힐슈펠트에 자리한 아그니 님의 교회에 있던 사람들 중에도 한 덩치 하는 분들이 많았던 것도 같고…….

뭐, 뭐어, 이 교회는 무투파라고 들었으니 이게 보통일지도.

그런 생각을 하고 있자 무인 같은 여성…… 아니, 코린나 수녀님이 말을 걸어왔다.

"거기 계신 분, 본 교회에 용건이 있으십니까?"

페르와 곤 옹을 보고 눈빛이 날카로워지기는 했지만 놀라지도 않은 데다 말투도 정중해서, 상당한 실력자라는 게 느껴졌다.

"네에. 사실은⋯⋯."

이러저러해서 기부를 하러 왔다고 설명했다.

그러자 코린나 수녀님은 만면에 미소를 띤 채 "사제님을 불러 올 테니 잠시 기다려주십시오"라고 말하더니 빠른 걸음으로 사제를 부르러⋯⋯ 가는가 싶었지만 그 전에 아이들을 타이르는 것도 잊지 않았다.

"너희는 그대로 계속 훈련하고 있어라! 농땡이 피우면 훈련을 늦게 끝낼 거다!"

"""""""네, 코린나 수녀님!"""""""

페르, 곤 옹, 드라 짱, 스이와 같이 아이들의 흥미를 끌 듯한 면면들이 모여 있는 탓인지.

손에 창을 쥐고는 있어도 호기심으로 가득한 시선이 이쪽으로 모여들었으니까.

코린나 수녀가 타이르고 나자 아이들은 다시 씩씩하게 기합을 넣으며 진지하게 훈련을 하기 시작했다.

그런 아이들의 씩씩한 모습을 견학하며 기다리자 코린나 수녀가 흰 머리가 섞여 있는 키가 큰 50대 중반 정도의 남성을 데리고 왔다.

"처음 뵙겠습니다. 본 교회의 사제, 그레고르라 합니다."

역시나 허리가 꼿꼿한 무인 같은 모습의 사제님이었다.

옷깃과 소맷부리에 불꽃 문양이 그려진 흰색 신관복을 입고 있지 않았다면 절대로 종교 관계자라는 걸 못 알아챘을 거다.

"저는 모험가인……."

"무코다 님이시죠. 소문은 들었습니다."

오오, 나를 아네.

하긴 모험가 신자가 많다고 했으니까.

"네, 무코다라고 합니다. 코린나 수녀님께 설명을 드렸듯이……."

딱히 신자는 아니지만 여러모로 보탬이 되었으면 한다는 뜻과 특히 고아원 아이들을 위해 써주셨으면 한다는 취지를 설명하자 흔쾌히 승낙해 주셨다.

"으음, 백금화라 불편하실지도 모르겠지만……."

백금화 세 닢을 사제님에게 건넸다.

이 도시에서는 대부분 교회에 고아원이 병설되어 있는 모양이라 이번 기부금의 액수는 모두 똑같이 금화 300닢(백금화 세 닢)으로 하기로 했다.

쓰려야 쓸 수 없는 백금화를 여기서 방출할 작정이다.

뭐, 전체에 비하면 적은 양이긴 하지만.

백금화를 잔뜩 가지고 있기는 하지만 인터넷 슈퍼에 충전할 때 말고는 써본 적이 없다고, 하하…….

심지어 한참 전에 충전했던 두 닢 분량의 잔고가 아직도 남아 있을 정도라니까.

백금화를 본 사제님과 코린나 수녀님은 놀라서 눈이 휘둥그레졌지만 소란을 떨지는 않았다.

어디까지나 냉정하게 감사 인사를 할 뿐이었다.

부디 교회 내부와 고아원을 둘러봐 달라는 권유를 받았지만 아직 가봐야 할 곳이 많다는 이유를 대고 정중하게 거절했다.

우리 일행이 교회를 뒤로하려 하자, 사제님을 비롯한 수녀님과 관계자들이 모두 모여서 "불의 여신님의 가호가 있기를"이라는 말을 입 밖에 내며 배웅해 주었다.

(소)이기는 해도 아그니 님의 가호는 이미 있는데.

우리의 모습이 안 보일 때까지 배웅을 해주어서 조금은 보탬이 되었을까, 라는 생각이 들었고 그 덕에 뿌듯한 마음으로 다음 교회로 향할 수 있었다.

그리고 다음 교회는 이 도시에서 가장 많은 신자 수를 자랑하는(사실 이 나라에서 신자 수가 가장 많은 거지만) 대지의 여신 키샤르 님의 교회다.

"역시 크네."

과연 가장 많은 신자 수를 자랑하는 만큼 교회의 규모가 컸다.

그럼에도 화려하다는 인상보다는 검소하다는 느낌을 주어서 호감이 갔다.

교회 안에는 열심히 기도를 하는 신자들도 드문드문 있기에 페르 일행은 밖에서 기다리라고 하고 나 혼자 안으로 들어갔다.

갈색 바탕의 수수한 신관복을 입은, 풍채가 좋고 너글너글해 보이는 백발 할아버지가 신자분들을 지켜보듯 서 있었다.

저 사람이 사제님일 거라 짐작하고 말을 붙였다.

"저기……."

이번에도 마찬가지로 이러저러해서 기부를 하러 왔다고 설명하고, 되도록 고아원 아이들을 위해 써달라는 말을 덧붙였다.

그러자 할아버지 사제님은 감동한 듯이 내 두 손을 잡더니 "고맙습니다, 고맙습니다"라고 몇 번이나 감사 인사를 했고, 그 바람에 살짝 이목이 집중되어서 쑥스러웠다.

할아버지 사제님을 데리고 교회 구석으로 이동해 백금화 세 닢을 건넸다.

이번에는 열렬하게 나를 끌어안으셨지만 어찌어찌 탈출해 교회를 뒤로했다.

다음으로 페르 일행을 데리고 찾은 곳은 물의 여신인 루사루카 님의 교회다.

루카 님의 교회는 이 도시에서 두 번째로 신자 수가 많다고 한다.

돌로 지은 교회는 오래됐지만 튼튼해 보였고, 마치 신전처럼 개방되어 있다.

안으로 들어가자 좌측 통로 끝에 보이는 안뜰의 야외 교실에서 아이들이 수업을 받고 있었다.

계산 수업인지 선생님 역할을 맡은 수녀님이 "한 부대에 동화 다섯 닢짜리 밀가루와 한 부대에 동화 세 닢인 감자의 대금을 은화 한 닢으로 치렀습니다. 그럼 거스름돈은 얼마일까요?"라는 질문을 아이들에게 던지고 있었다.

그러자 아이들이 손가락을 접어가며 열심히 답을 생각했다.

"늑대랑 드래곤이 있어!"

그런 흐뭇한 광경을 보고 있었더니 아이들 중 한 명이 우리 일행을 발견하고는 소리쳤다.

그 말을 듣고 우리를 발견한 수녀님은 얼굴이 파랗게 질려서 벌벌 떨기 시작했다.

그와 대조적으로 아이들은 반짝반짝 빛나는 눈으로 우리 일행…… 아니, 페르와 곤 옹과 드라 짱과 스이를 쳐다보고 있었다.

나는 쓴웃음을 지으며 수녀님에게 "제 사역마라 괜찮습니다"라고 말했다.

수녀님과 이야기를 하기 위해 안뜰로 나가자 아이들이 더더욱 반짝이는 눈으로 이쪽을 쳐다보았다.

"수녀님이랑 할 말이 있으니 내 사역마들이랑 놀고 있을래?"

아이들에게 그렇게 말하자 아이들은 기다렸다는 듯이 환호성을 지르며 일제히 페르와 곤 옹과 드라 짱과 스이에게 달려갔다.

『어, 어이, 이 녀석! 너, 우리에게 애들을 상대하게 할 셈이냐?!』

페르가 경직된 얼굴을 한 채 염화로 그렇게 말했다.

『아, 아니지?! 우린 그런 얘기 못 들었다고!』

마찬가지로 드라 짱도 경직된 얼굴로 말했다.

『무어냐? 인간 아이들 정도야 한주먹감이 아니냐. 왜 그렇게 초조해하는 게야?』

얼굴이 굳어진 페르와 드라 짱을 곤 옹이 의아하다는 눈으로 쳐다보았다.

『잠깐, 곤 옹! 한주먹감이라니, 아이들한테 손대면 가만 안 둘 거야!』

『말하자면 그렇다는 게지. 아이들에게 손을 댈 리가 있나.』

『어쨌든 나는 수녀님이랑 얘기하고 올 테니 아이들 좀 부탁해.』

다들 잘 돌봐주고 있으라고.

『어쨌든은 무슨! 나는 보모가 아니란 말이다! 이 애송이들, 털을 잡아당기지 마라!』

『잠깐~ 하지 마~! 팔 잡아당기지 말라고 멍청아~.』

『잠깐, 너희들 느닷없이 올라타려는 게냐? 드래곤인 내가 무섭지도 않은 것이야? 아야얏, 날개를 잡아당기지 말거라, 아이야!』

『와아~ 다 같이 놀래~.』

스이만 아이들과 놀게 되어 기쁜 눈치였다.

이야, 아이들은 역시 씩씩한 게 제일이지.

그리고 얼마 후.

"후우, 끝났다."

수녀님에게 사정을 설명하고 사제님을 불러달라고 해서 기부금으로 백금화 세 닢을 건넸다.

이번에도 되도록 아이들을 위해 써달라는 말을 덧붙이자 사제님이 엄청나게 감동했다.

역시 고아원 운영 자금은 어디 할 것 없이 모두 부족한 모양이다.

사정을 들어보니 아이들이 한창 먹을 때인 탓에 식비 때문에 상당히 고생을 하고 있다는 듯했다.

배를 곯게 할 수는 없는 일이라 양을 늘리는 데 중점을 두다 보니 맛은 우선순위에서 한참 뒤로 밀릴 수밖에 없었고, 그 때문에 사제님들은 골머리를 썩고 있었다는 모양이다.

이로써 조금이라도 맛있는 걸 먹을 수 있는 날이 늘어난다면 나로서도 기부한 보람이 있을 것 같다.

역시 먹는 건 중요하다고.

맛있는 걸 먹으면 기운이 나고 의욕도 샘솟으니까.

그런고로 기부를 마치고 페르 일행이 있는 곳으로 향하자…….

아이들에게 시달리다 못해 푹 퍼져버린 페르와 곤 옹과 드라 짱의 모습이 있었다.

그리고 그와는 대조적으로 아이들과 노느라 기분이 최고로 좋아진 스이도.

『이, 이제, 끝난 거냐……?』

『주공, 도와주게…….』

『나, 더는 안 될 것 같아…….』

"페르, 곤 옹, 드라 짱……."

푹 퍼진 면면들을 보고 수녀님이 잽싸게 아이들을 회수했다.

겨우 아이들에게서 해방된 페르와 곤 옹과 드라 짱이 재촉을 하기에 우리 일행은 부리나케 루카 님의 교회를 뒤로했다.

『후우, 아주 녹초가 됐군그래. 인간의 아이들은 저렇게나 성가신 존재란 말인가…….』

『홋, 이제야 녀석들의 실체를 안 것 같네, 곤 옹. 녀석들은 악마라고.』

『음. 드라의 말이 맞다. 저 녀석들을 상대할 바에는 마물을 상대하는 게 훨씬 편하지.』

"너무 그러지들 마, 가끔은 아이들을 상대해주는 것도 나쁘지 않잖아?"

『나쁘지 않기는!』

『스이는 즐거웠는데에. 또 다 같이 놀고 싶어!』

통통 뛰며 기쁜 듯이 그렇게 말하는 스이를 보자 페르와 곤 옹과 드라 짱은 새삼 피곤함이 몰려왔는지 고개를 푹 숙였다.

물의 여신 루카 님의 교회를 뒤로하고 다음으로 찾은 곳은 페르가 애타게 기다렸던 바람의 여신 닌릴 님의 교회다.

이 대륙에서 신자 수가 비교적 많다고 알려진 여신님들 중에서 닌릴 님의 신자 수는 가장 적다.

그 때문인지 힐슈펠트의 낡은 교회만큼은 아니지만 이곳의 교회도 아담했다.

건물 자체가 크지 않아서 페르 일행은 밖에서 기다리게 하고 나만 교회 안으로 들어갔다.

"실례합니다, 아무도 안 계십니까?"

그렇게 소리치자 흰색을 기조로 한 수도복을 입은 수녀가 모습을 드러냈다.

"무슨 용건이십니까?"

"실은 말이죠……."

지금까지의 교회에서 했던 것과 마찬가지로 이러저러해서 기부를 하러 왔다고 설명했다.

내 이야기를 들은 수녀님은 놀란 표정을 짓더니 허둥지둥 사제님을 부르러 갔다.

얼마쯤 지나 약간 비만 체형에 눈도 동글동글해서 사람 좋아 보이는 중년의 사제님이 숨을 헐떡이며 등장했다.

"허억, 허억, 저는, 이 교회에서, 사제로 지내고 있는, 에우레테리오라고 합니다."

"저는 모험가인 무코다입니다. 잘 부탁드립니다."

"수녀에게 이야기를 듣기는 했습니다만……."

에우레테리오 씨에게도 기부에 관해 설명했다.

그리고 되도록 고아원 아이들을 위해 써달라는 말도 덧붙였다.

이 교회도 다른 곳에 비해 규모가 작기는 해도 고아원이 병설되어 있는 듯했다.

에우레테리오 씨는 흔쾌히 그러겠다고 해주었다.

이곳도 고아원 운영에 애를 먹고 있었던 모양이다.

특히 식사는 언제나 골머리를 썩게 하는 문제라, 이곳도 질보다 양을 중시해서 불균형적인 식사밖에 주지 못하는 현실에 속을 끓이고 있었던 듯했다.

한창 먹을 때의 아이들이니까.

에우레테리오 씨에게 백금화 세 닢을 건네자 "아이들에게 오랜만에 고기를 먹여줄 수 있겠군요"라면서 감격의 눈물까지 흘렸다고.

울음 섞인 목소리로 교회와 고아원을 둘러보고 가라며 붙잡았지만, 정중하게 거절했다.

떠날 때는 사제인 에우레테리오 씨를 비롯해서 몇몇 수녀님들도 모여서 몇 번이나 "정말 감사합니다"라고 말하며 배웅을 해주셨다.

그리고 다음으로 향한 곳은 전쟁의 신 바하근 님의 교회(?)였다.

트리스탄 씨의 말에 따르면 바하근 님 쪽은 교회라기보다는 바하근 님을 신앙하는 자들이 모여 집단생활 같은 걸 하고 있는 장소라는 듯했다.

듣자 하니 강해지기 위해 나날이 절차탁마하고 있다는 모양이다.

"이곳인가……."

뭔가 중후한 느낌이 드는 문 너머에서는 "이얍"이라느니 "하잇" 같은 우렁찬 기합 소리와 함께 챙챙 금속제 검 같은 것이 부딪히는 소리가 들려오는데.

"실례합니다~. 가만, 이 문, 이상할 정도로 무겁네."

영차, 하고 문을 열고 들어가자…….

무섭게 생긴 수십 명의 사람이 검과 창 등을 이쪽으로 겨누었다.

나는 반사적으로 적의가 없음을 표하고자 손을 들었다.

"수, 수상한 사람은 아닙니다. 이, 이곳이 전쟁의 신 바하근 님의 교회라고 들었는데요."

"교회라는 형태는 아니지만 전쟁의 신을 신앙하는 자들이 모인 장소이기는 하다. 그보다 그런 것을 데려와서 뭘 할 셈이지?"

무기를 든 이들 중 한 명이 사나운 눈빛을 한 채 그렇게 물었다.

"저기, 그게, 뒤에 있는 건 모두 제 사역마입니다. 저에게 위해를 가하지 않는 한 아무것도 안 할 테니 괜찮습니다.”

바하근 님의 신자분에게 그렇게 답한 후, 페르 일행에게 염화로『손대지 마』라고 못을 박아뒀다.

“호오, 그럼 당신에게 손을 대면 뒤에 있는 펜리르나 드래곤과 싸울 수 있는 건가.”

조금 전에 말했던 것과 다른 사람이 씨익 웃으며 그렇게 말했다.

아니이, 뭔가 상당히 호전적인데.

바하근 님한테 한 소리 해주고 싶어지네, 이거.

『흥, 본인의 역량도 모르다니, 전쟁의 신의 신자들은 죄다 머저리인가?』

『그런 소리 말거라. 사람의 몸으로 우리에게 도전하려는 기개만은 인정해주자꾸나. 기개만은 말이야.』

페르와 곤 옹이 일부러 소리를 내서 말하는 바람에 혈기왕성한 바하근 님의 신자들이 흥분해서 “뭐가 어째?!”라고 소리쳤다.

“페르랑 곤 옹, 일을 복잡하게 만들지 마.”

이 상황을 어떻게 수습하라고, 라는 생각에 머리를 싸쥔 나와 달리 페르와 곤 옹은 속 편한 얼굴을 하고 있었다.

“정숙해라!”

그 자리에 있던 모든 이들을 질타하는 듯한 고함이 울려 퍼졌다.

온몸이 근육으로 가득할 듯한, 키가 크고 덩치도 좋으며 뺨에 흉터가 있는 30대 중반 정도의 남자가 안쪽 건물에서 나왔다.

“사범님…….”

사범님이라 불린 그 남자가 이쪽으로 다가오자 신자들이 비켜

서서 길이 만들어졌다.

"그 펜리르와 에인션트 드래곤의 말이 맞다. 너희로는 상대가 안 된다. 나조차도 말이다."

사범님의 그 답변에 신자들이 술렁거렸다.

아니아니, 사람의 몸으로 페르나 곤 옹과 싸우려 하는 것 자체가 무모하다고 보는데 말이지.

"다들 잘 들어라, 상대의 역량을 헤아리는 것도 매우 중요한 일이다. 알아들었으면 수련을 계속해라."

"""""""네!"""""""

사범님의 말에 신자들이 다시 수련을 하러 돌아갔다.

으아, 무서워.

진짜로 치고받고 있잖아, 이 사람들.

여기가 무슨 호랑이 굴*이야?

"당신이 S랭크 모험가인 무코다 씨로군. 그러면 안으로…… 라고 말하고 싶지만, 동행인 사역마가 들어갈 수 있는 방이 우리 쪽에는 없으니 이쪽으로 오도록."

사범님은 신자들이 있는 수련장에서 연결 복도를 건너간 곳 옆에 있는 안뜰로 우릴 안내했다.

그곳에 놓여 있던 테이블을 사이에 끼고 의자에 앉았다.

"장소가 이래서 미안하군."

"아뇨아뇨, 저희도 그렇게 시간을 빼앗을 생각은 없어서요."

---

* 호랑이 굴 : 일본의 6, 70년대 만화 및 애니메이션 작품인 〈타이거 마스크〉에 등장하는 악역 레슬러 육성 기관.

"그래서 무슨 용건으로 왔나?"

"그게 말이죠······."

이곳에서도 이러저러해서 기부를 하러 왔다고 사범님에게 설명했다.

"어린애들도 있는 것 같던데, 이곳에서 돌봐주고 계신 거죠?"

"그래. 고아가 된 신자의 아이와 무도를 익히고 싶다는 아이들은 이곳에서 맡아 다 함께 공동생활을 하고 있지."

이곳에서는 고아원을 운영하고 있지 않은 듯하지만 어린애도 있었으니까(아까 수련하고 있던 신자들 중에도 자그마한 아이들이 몇 명 섞여 있었다).

"그 제안을 감사한 마음으로 받아들이지. 고맙군."

사범님의 이야기에 따르면 전쟁의 신의 신자는 군웅이 할거하는 소국에 많은데, 이곳에 있는 이들 중에도 전직 용병이나 그 용병의 자식들이 많다고 한다.

그렇게 말하는 사범님도 원래는 용병이었다는 모양이다.

"나의 고향도 그렇지만, 그 근방은 전쟁이 끊이지 않아서 아이를 키우기에는 어려운 환경이지······."

사범님이 말하길, 엘만 왕국과 레온하르트 왕국에 있는 전쟁의 신의 시설은 소국들에 널리 퍼져 있는 용병의 아이들을 받는 수용장 같은 면도 있다고 한다.

직접 이곳까지 아이를 맡기러 오는 용병도 적지 않다기에 놀랐다.

그럴 바에는 이곳에서 아이와 함께 살면 되지 않나 싶었지만 그럴 수도 없다는 모양이다.

"용병이란 작자들은 뼛속까지 용병인 법이지. 싸우지 않고는 살아있다는 걸 실감할 수 없어."

그렇게 말한 사범님은 다소 씁쓸한 표정을 짓고 있었다.

이 사람도 알고 보면 계속 용병으로 남고 싶었던 걸지도 모르 겠네.

그 감각을 나로서는 전혀 이해할 수가 없지만.

"뭐, 그건 둘째 치고 사범인 나를 비롯해서 가르치고 있는 게 다들 용병이란 말이다. 대인전은 자신이 있어도 이 근방에서는 용병을 필요로 하는 곳이 조금도 없단 말이지. 모험가로서 활동 을 하고는 있지만……."

솔직히 말하자면 마물을 상대하는 일은 사람을 상대하는 일과 완전 딴판이라는 모양이다.

이곳 출신 중에도 고랭크 모험가가 된 사람도 있다지만, 그런 사람들은 이곳을 떠나 독립해서 결국 이곳에는 젊은이들과 어린 애들만 남는다.

그러다 보니 수입도 변변찮을 수밖에 없어서 이곳의 운영 자금 은 언제나 간당간당하다고 한다.

그렇구나아.

혹독한 훈련을 하고는 있지만 분명 사람과 싸우는 것과 마물과 싸우는 건 다른 영역이지.

그나저나 이곳은 무(武)를 깨우치려 하는 사람들의 집단이라고 만 생각했었는데, 그뿐 아니라 번듯한 역할이 있었구나.

군웅이 할거하고 있는 소국들이 조금이라도 평화로워지기를 기도하며 사범님에게 백금화 세 닢을 건넸다.

사범님은 놀라서 "이렇게 많이 받아도 되는 건가?"라고 물었지만 이곳에 있는 던전에서 번 돈이니 괜찮다고 말하자 거친 손으로 내 양손을 붙잡으며 "고맙다, 고마워"라고 몇 번이나 감사인사를 했다.

험상궂은 남자가 손을 잡아온들 기쁠 리가 없어서 쓴웃음만 짓고 있었지만.

"그나저나 역시 던전은 돈이 되나 보군. 우리도 이곳에 있는 던전 덕분에 어찌어찌 존속하고 있는 것이기는 하지. 나의 고향도 싸움은 그만두고 마음 놓고 던전에 들어갈 수 있는 환경을 갖추면 달라질 텐데."

사범님이 나직하게 내뱉은 그 말에 페르가 반응했다.

『어이, 네 고향에는 던전이 있나?』

갑자기 페르가 말을 하자 사범님은 조금 놀란 눈치였지만 성실하게도 "그래"라고 답하더니 던전에 관해 알려주었다.

"내 고향은 폰델 왕국이라고 하는데…… 뭐 지금은 망국이지만 그곳에는 던전이 있었다. 별로 알려지지는 않았지만. 게다가 분쟁이 계속되고 있어서 거의 아무도 손을 대지 않은 상태지."

사범님이 말하길, 그 지역은 지금도 작은 분쟁이 끊이지 않고 있어서 아마 지금도 들어간 사람이 거의 없는 상태일 것이라고 한다.

던전에 관한 이야기가 나오자 페르와 드라 짱과 스이는 몸을 앞으로 내밀었다.

『호오, 아무도 손대지 않은 던전이라. 재미있을 것 같군. 그 이야기, 자세히 좀 해 봐라.』

....

....

......

거리를 걷는 페르가 기분 좋게 꼬리를 흔들었다.

날고 있는 드라 짱도 꼬리를 흔들고 있다.

스이도 신이 나서 통통 뛰며 『던전, 던전, 또 던전~♪』이라고 노래를 불렀다.

『소국 밀집 지역에 있는 던전이라. 좋은 이야기를 들었군.』

『그러게. 기대해 봐도 되겠어.』

『던전 기대돼~.』

아니아니, 기대는 무슨, 안 갈 거야.

소국 밀집 지역이면 살벌한 분쟁 지대잖아.

그런 곳에는 누가 뭐라고 하든 안 갈 거야.

그런고로 페르 일행이 하는 말은 죄다 무시하기로 했다.

『무어냐, 너희들, 던전을 좋아하는 게냐?』

『뭐 그렇지. 싸울 맛이 나는 마물을 만날 때도 있고, 맛있는 고기를 손에 넣는 일도 많으니까.』

『분명 듣고 보니 심심풀이도 되고, 밥 굶을 걱정도 없기는 한 것 같군그래.』

이것 보셔, 무슨 얘길 주고받는 거야.

던전을 식량 창고처럼 여기는 건 페르와 곤 옹 정도뿐일걸?

『던전은 즐거우니까.』

『응, 즐거워~.』

드라 짱도 스이도 던전을 엄청 좋아하지.

하지만 모조리 무시하겠어.

저 녀석들의 대화에 끼어서는 안 된다.

나는 학습했다고.

끼어들면 그대로 분위기에 휩쓸려서 던전행이 결정된다는 걸.

그런고로 지금은 기부를 속행해야 한다.

"자, 그럼 다음으로 넘어가자."

『칫.』

이봐, 페르, 그렇게 혀를 차봐야 나는 던전 얘기는 한 마디도
안 할 거라고.

그리고 다음으로 찾은 곳은 약신(藥神)의 교회(?)였다.

신들에게는 다른 신에 관한 이야기를 들은 적이 없는데, 약의
신이라는 게 정말 있는 걸까?

잘은 모르겠지만 있어도 이상할 것 같지는 않네.

이곳도 바하근 님의 신자들이 모여 있던 곳과 마찬가지로 약신
을 신앙하는 분들이 모여든 시설 같은 느낌이었다.

뭐, 대부분 약사(藥師)인 것 같았지만.

트리스탄 씨에게서 얻은 정보에 따르면, 세간에는 하루 종일

연구에 빠져 사는 괴짜 집단으로 알려져 있지만 유용한 포션도 몇 가지 개발한 우수한 집단이라는 모양이다.

게다가 포션은 약사의 능력에 따라 약효가 들쭉날쭉하기 일쑤지만, 이곳에서 만든 포션은 약효가 확실해서 모험가 길드에서도 정기적으로 납품을 받고 있다고 한다. 때문에 모험가 길드로서는 없어서는 안 되는 존재라는 모양이다.

그 포션을 일반인들에게도 판매하고 있는지, 규모는 작아도 포션 판매점이 병설되어 있었다.

개인적으로 그쪽이 더 들어가기 쉬워 보이기에 페르 일행에게 기다리라고 해놓고 나 혼자 가게 안으로 들어갔다.

"저기~……."

"어서 오십시오~."

소년 한 명이 가게를 보고 있었다.

"저기, 이곳이 약신의 교회?가 맞나요?"

"교회라기보다는 약신님을 신앙하는 사람들이 운영하는 시설이죠."

"아하. 사실은 말이죠……."

가게를 보고 있는 소년에게 이러저러해서 기부를 하러 왔다고 이야기했다.

"정말요?! 감사합니다!"

소년은 엄청나게 기뻐해 주었다.

들자 하니 연구와 포션 제작 등에는 상당한 비용이 들어서 기부는 언제나 환영이라는 듯했다.

의학이 발달되지 않은 이 세계에서 포션은 없어서는 안 되는 존재니까.

그런고로 백금화 세 닢을 소년에게 건네자, 소년은 눈이 휘둥 그레져서 입을 뻐끔거렸다.

시선이 나와 내가 건넨 백금화 사이를 왔다 갔다 하는 듯하더니.

결국은…….

"스승님~~~!!!"

아이고, 뛰쳐나가 버렸네.

하지만 뭐, 일단 백금화는 건네줬으니 끝난 셈 치고 다음으로 넘어가야지.

그리고 마지막으로 찾은 곳은 대장장이 신 헤파이스토스 님의 교회(?)다.

"근데, 여긴 그냥 대장간 아니야?"

깡깡깡, 금속을 때리는 소리와 열기가 문 밖까지 전해져 왔다.

쭈뼛거리며 문을 열어보니, 그곳은 드워프의 인구 밀도가 매우 높은 장소였다.

숙련공 드워프가 금속을 때리고, 견습 드워프가 분주하게 돌아다니고 있었다.

내가 들어가도 못 알아챘다기보다는 아무도 신경을 안 쓰는 듯한 눈치였다.

"저기~…….'

평범하게 말을 건네 보았지만 아무도 알아채지 못했다.

"어흠, 저기~ 실례합니다!"

큰 소리로 말을 걸자 그제야 숙련공 드워프가 이쪽을 쳐다봤다.

"뭐야! 바빠 죽겠구만!"

험상궂은 얼굴로 버럭 고함을 치는데, 그렇다고 이곳만 건너뛸 순 없는 노릇이고.

"아뇨, 아주 중요한 일로 왔는데요!"

"뭐어?! 어쩔 수 없지, 일이 일단락될 때까지 좀 기다리고 있어!"

숙련공 드워프가 그렇게 말하기에 어쩔 수 없이 기다리기로 했다.

그러는 동안 페르 일행이 『배가 고프다』라고 투덜댔지만, 이곳이 마지막이라는 말로 간신히 달래며 약 한 시간을 기다렸다.

그제야 겨우 일이 끝났는지 숙련공 드워프가 우리 앞으로 다가왔다.

"그래서, 용건이 뭐냐?"

"그게 말이죠……."

이러저러해서 기부를 하러 왔다고 설명했다.

그랬더니 숙련공 드워프는 "필요 없어"라고 답했다.

"우리 대장장이들은 말이야, 기술로 만든 걸 팔아서 먹고산다고. 공짜로 뭔가를 받는 건 있어선 안 되는 일이지. 그런 짓을 했다간 대장장이 신을 뵐 낯이 없어. 그보다 네가 사역마를 데리고 다니는 모험가지? 그렇다면 우리가 만든 무기나 사줬으면 좋겠구면."

"살 수 있습니까?"

"물론이지. 여기 가게도 있으니까. 참고로 모험가들이 애용하는 곳이라고."

숙련공 드워프의 안내를 받아 가게로 향했다.

"오오~."

대거, 쿠쿠리 나이프, 쇼트 소드, 클레이모어, 샴시르, 바스타드 소드, 레이피어.

가장 먼저 눈에 들어온 칼들 중에서 내가 아는 것만 꼽아도 이정도는 되었다.

그 밖에도 여러 가지 칼들이 빽빽하게 늘어서 있었고, 창과 도끼도 각각 여러 종류가 진열되어 있었다.

굉장해.

굉장하지만 내 무기는 스이가 만들어준 미스릴 검과 창이 있으니 이미 충분하다는 말이지.

"어때? 꽤 괜찮아 보이지?"

"네에. 하지만 저한테는 미스릴 검과 창이 있어서……."

"뭐라고? 미스릴? 보여줘 봐."

"그건 상관없지만요."

아이템 박스에서 스이 특제 미스릴 검과 창을 꺼내 숙련공 드워프에게 보여주었다.

숙련공 드워프가 검과 창을 지그시, 꼼꼼히 살폈다.

"실로 훌륭한 물건이로군. 어디서 얻었는지는 모르겠지만, 이걸 만든 대장장이는 훌륭한 기술을 갖춘 녀석이야. 역시 뛰는 놈 위에는 나는 놈이 있는 법이구먼. 나도 더더욱 정진해야겠어."

"아니, 그게, 하하하……."

아뇨, 이걸 만든 건 제가 어깨에 멘 가방 안에서 자고 있는 슬라임인데요.

……라고 말하면 안 되겠지이?

쓴웃음을 지은 채 가게 안을 둘러보다 보니 어떤 물건이 눈에 들어왔다.

"이건……."

"그건 내가 만든 마철제(魔鐵製) 워 해머야. 꽤 괜찮은 물건이지."

그렇다, 마철제 워 해머였다.

이거랑 비슷한 걸 전에 본 적이 있다.

에이블링 던전에서 만난 '방주(아크)'의 시그발드 씨가 가지고 있던 무기다.

만나고 싶지도, 싸우고 싶지도 않지만 골렘이니 가고일 같은 걸 상대해야만 할 때에 대비해서 타격 계열 무기를 하나 챙겨두는 것도 나쁘지 않을지 몰라.

"이걸로 할게요. 이거 주세요."

"음. 이건 금화 86닢이다."

나는 당연히 백금화 세 닢을 건넸다.

"거스름돈은 넣어두세요. 가능하면 견습으로 일하는 아이들에게 맛있는 거라도 먹여주십시오."

"훗, 고맙구먼."

나는 마철제 워 해머를 건네받아 아이템 박스에 집어넣은 후, 대장장이 신의 가게를 뒤로했다.

"자 그럼~ 돌아가 볼까."

『배가 고프다. 돌아가면 곧장 밥이다.』

『나도 이제 배가 고프군그래.』

『나도오~.』

『스이도 배가 꼬륵꼬륵해~.』

겨우 기부가 끝났다 싶었더니 모두가 배고프다고 아우성이다.

배가 너무 고픈 탓인지 가방 안에서 잠을 자던 스이도 깨어나 있었다.

"하하, 알았어, 알았어. 분명 만들어준 햄버그 스테이크가 남았던 것 같으니 돌아가면 저녁 식사로 먹자."

『햄버그 스테이크~! 있지있지, 주인, 스이가 좋아하는 하얀 게 든 건 있어~?』

『치즈가 들어간 햄버그 스테이크 말이지? 물론 있지.』

『아싸~!』

『무어냐, 그 치즈가 어쩌고 하는 것은?』

『곤 할아버지, 있잖아~ 쭉쭉 늘어나는 하얀 게 든 고기인데 엄~청 맛있어~!』

『호오, 맛있는 거라고? 그것참 기대되는구나!』

『치즈가 안 들어간 것도 맛있지만.』

『음. 나는 하얀 게 안 들어간, 고기만 든 게 더 취향에 맞더군. 물론 들어간 것도 맛있지만.』

"치즈가 든 거랑 안 든 걸 반씩 만들어뒀으니까 괜찮아."

『으음~ 못 참겠군. 타라.』

페르가 강제로 나를 등에 태우더니……

"야~! 도시 안에서 뛰어다니면 안 된다고오오오."

『나한테는 빠른 걸음 정도의 속도다.』

"자꾸 그렇게 억지 부릴래~?! 다들 페르한테 주의 좀 해 줘~!"

『아니, 이 정도는 그렇게 빠른 것도 아니지 않나. 나도 따라갈 수 있을 정도이거늘.』

『배가 고프기도 하고~.』

『주인, 괜찮아~. 빨리 돌아가서 밥 먹자~!』

"너희들 정말~!"

『그만하고 조용히 타고 있어라. 그러다 혀 깨문다.』

"페르~~~~!"

그날, 브릭스트에 사는 많은 주민들은 엄청난 속도로 거리를 질주하는 우리 일행의 모습을 목격했다고 한다.

다 같이 아침 식사를 한 후, 거실에서 쉬던 중에 탕탕탕탕, 문을 두드리는 소리가 들려왔다.

"응? 누구지?"

딱히 누가 찾아올 예정은 없었던 것 같은데.

그런 생각을 하며 현관으로 향하는 사이 또다시 탕탕탕탕 문을 두드리는 소리가 들렸다.

"네에~ 지금 갈 테니 조금만 기다리세요."

모험가 길드인가?

어제 페르가 폭주한 일로 누가 모험가 길드에 불평 접수를 했을 수도 있다는 생각을 하며 문을 열었다.

"오래 기다리셨습니다."

"뭐 이렇게 오래 걸려!"

거만하게 그런 소릴 하며 웬 집단이 멋대로 우르르 집 안으로 들이닥쳤다.

번쩍번쩍 빛나는 금실로 자수를 놓은 화려한 옷을 입은 벼락부자 같은 사람들 몇 명. 그리고 그들의 경호원으로 보이는 질 나쁜 패거리로 이루어진 집단이다.

어안이 벙벙했지만 들어오라고 하지도 않았는데 멋대로 집에 들어오는 걸 보고 있자니 나도 화가 났다.

"잠깐, 뭡니까, 당신들은?! 왜 뻔뻔하게 남의 집에 멋대로 들어

213

오는 겁니까?"

"뭐어? 우리가 몸소 와줬는데 밖에서 응대할 생각이었냐?!"

번드르르한 차림새의 벼락부자 중 한 놈이 씩씩거리며 소리쳤다.

이거 위험한 놈들이구나 싶어서 나는 곧장 도움을 요청했다.

『페르, 곤 옹, 드라 짱, 스이, 좀 와 봐! 이상한 녀석들이 왔어!』

염화로 그렇게 말하자 모두가 금방 다가왔다.

『뭐냐, 이것들은.』

『옷 입는 취향 한번 고약한 녀석들이네.』

『모르겠어. 문을 열었더니 멋대로 들어왔다고.』

『호오. 멋대로 들어왔다고? 꽤나 뻔뻔한 녀석들이로군그래.』

페르와 곤 옹과 드라 짱의 눈매가 매서워졌다.

"뭐, 뭐야? 더러운 마수들을 데려오다니, 우릴 위협하는 거냐?!"

페르 일행을 더러운 마수라고 부르는 걸 듣자 화가 치밀어 올랐다.

"제 사역마고 소중한 동료들입니다. 그런 식으로 말씀하지 마시죠. 애초에 뻔뻔하게 멋대로 우리 집에 들어온 당신들에게 그런 소릴 들을 이유는 없는 것 같은데요."

내가 그렇게 말하자 번드르르한 차림새의 벼락부자들은 얼굴이 시뻘게져서 화를 내며 꽥꽥대고 소리를 쳤다.

아침부터 엄청 민폐인데, 이 사람들은 대체 뭐지?

"무례하기 그지없는 말이로군! 네놈, 우리가 누구인지 모르는 것이냐!"

"당신들이 어디의 누구이신지는 모르겠지만 무례한 건 당신들 아닌가요."

누가 봐도 느닷없이 남의 집에 쳐들어온 당신들이 훨씬 무례하다고.

"크윽~ 우리는 르바노프교 사람들이다! 여기 계신 분은 주교님이고!"

켁, 르바노프교 관계자였어?

무슨 용건으로 우리 집에 온 거지?

인간족 지상주의를 서슴없이 주창하는 르바노프교와는 얽히고 싶지 않았는데.

"아아, 그러신가요. 그래서, 무슨 용건이시죠?"

"어이, 뭐냐, 그 말투는!"

주교님이라는 작자의 추종자 중 한 명이 씩씩거리며 그렇게 말했다.

"자자, 진정하게나. 자네는 이 도시에 있는 교회에 기부를 하고 다녔다지?"

"네, 그랬는데 왜 그러시죠?"

"우리 르바노프교를 잊은 건 아닌가 싶어서 이쪽에서 찾아온 걸세."

주교가 히죽히죽 기분 나쁜 미소를 지은 채 그렇게 말했다.

뭐야, 이 녀석들. 결국 돈을 뜯어내러 왔다는 거야?

아니 그보다, 잊은 게 아니라 안 하고 싶어서 안 한 것뿐이라고.

그 정도는 알아먹으라고.

"잊은 게 아닙니다. 기부할 생각이 없어서 안 한 것뿐이죠."

화가 치밀어서 딱 잘라 말해주었다.

"뭐, 뭐, 뭐, 뭐가 어째~?!"

내 말을 들은 주교는 눈을 치켜떴고 추종자 녀석들은 얼굴이 시뻘게졌다.

"르바노프교의 교의에는 눈곱만큼도 공감할 수가 없어서 기부할 생각이 전혀 없습니다. 앞으로도 말이죠."

내가 단호하게 말하자 추종자 녀석들은 더욱 격분해서 고함을 쳐댔다.

주교는 일단 체면을 지키려는 것인지 고함을 치지는 않고 얼굴이 시뻘게져서 나를 노려보고 있었다.

그리고 노기가 그득한 목소리로 "호오, 그 말은 우리 르바노프교를 우롱하는 것으로 해석해도 되겠나? 그렇다면 우리도 가만히 있지 않겠네"라고 말했다.

주교는 거느리고 있던 질 나쁜 경호원들에게 눈짓을 했다.

경호원은 허리에 차고 있던 칼자루에 손을 댔다.

언제든 베어주겠다고 위협하고 있는 듯했다.

헤에~ 남의 집에 쳐들어와서 그런 짓을 하시겠다고?

근데 말이야, 이건 누가 봐도 협박이지?

『페르, 곤 옹, 드라 짱, 스이, 이 녀석들이 덤벼들면 쓰러뜨려버려. 아, 죽이지 않게 조심하고. 모험가 길드에도 보고해야 하니까.』

『안 그래도 너에게 손을 대면 가만히 안 둘 셈이었다.』

『물론이네. 그나저나 이 녀석들은 바보인가? 우리의 역량도 못 알아보다니.』

『펜리르와 에인션트 드래곤이 버티고 있는데 손을 댈 생각을 하다니 대단하네. 이 녀석들은 터무니없는 머저리야.』

『주인을 괴롭히면 스이가 가만 안 둘 거야~!』

저마다 그런 소리를 쏟아내기에 살짝 웃음이 날 뻔했다.

『아무리 봐도 전력 과잉 상태지만 알아서들 힘을 조절해줘.』

이제 경호원이 무슨 짓을 저지르든 괜찮을 거다.

"왜 아무 말이 없지? 다른 교회에 기부한 것과 같은 액수를, 아니, 두 배의 액수를 우리 르바노프교에 기부하겠다면 용서해주도록 하지."

내가 페르 일행과 염화로 대화하느라 조용히 있었던 걸, 겁을 먹었기 때문이라고 착각한 것인지 주교가 의기양양한 얼굴로 그런 소리를 지껄였다.

"나 참, 착각을 해도 단단히 하셨군요. 단지 당신들의 태도에 질려버린 것뿐입니다."

"뭐라고?!"

"르바노프교에는 기부할 생각이 없다고 했더니 무기를 든 사람을 전면에 내세우다니……. 이거 협박인가요? 협박해서 돈을 내게 하는 건 그냥 공갈이잖아요? 범죄잖아요?"

내가 그렇게 말하자 결국 주교의 얼굴이 분노로 일그러졌다.

"정중하게 대해줬더니 머리끝까지 기어오르는구나! 쳐라!"

주교가 그렇게 명령하자 경호원들이 칼을 뽑았다.

『호오, 우리 앞에서 칼을 뽑았다는 건 해보겠다는 뜻이냐?』

『그렇게 보아도 되겠지?』

페르와 곤 옹이 목소리를 내서 그렇게 말했다.

그리고 페르, 곤 옹, 드라 짱, 스이가 주교를 비롯한 번드르르한 차림새의 벼락부자들과 질 나쁜 경호원들을 노려보았다.

그 순간, 경호원들은 칼을 떨어뜨리고 다리가 풀려 그 자리에 엉덩방아를 찧었고, 번드르르한 차림새의 벼락부자들도 다리가 풀려 신음 소리를 흘리며 기어서 도망치려 했다.

"미리 말씀드리자면, 제 사역마들은 저에게 위해를 가하려 드는 녀석들을 가만두지 않습니다. 죽고 싶지 않으면 얼른 나가시죠."

내가 싸늘한 말투로 그렇게 말하자 르바노프교 일동은 비틀거리며 집에서 나갔다.

"우리에게 이러한 짓을 하고도, 무사할 거라 생각지 마라!"라는 말을 남기고서.

전형적인 패배한 악역의 뒷말이네.

『저 녀석들은 결국 무얼 하러 온 거지?』

"돈을 뜯어내러 왔어. 어제 여러 곳에 기부를 하고 왔잖아? 자기네 교단에도 기부를 하라더라고."

『아니아니, 기부란 건 마음이 내켜야 하는 거잖아?』

"드라 짱 말이 맞아. 아무튼 지금 온 곳은 르바노프교라고 하는데, 자신들도 당연히 받아야 한다고 생각하는 것 같더라고. 이쪽은 르바노프교에 공감할 수 있는 구석이 하나도 없어서 기부할 생각이 눈곱만큼도 없는데 말이야. 아닌 게 아니라 르바노프교에 기부할 바에는 차라리 돈을 시궁창에 버리는 게 나아."

『후하하하하하, 그렇게까지 말하다니.』

"사실인데 뭘. 맞다, 일단 모험가 길드에도 보고하러 다녀올게. 하지만……."

또 저 녀석들이 오면 난감해진다.

화풀이 삼아 집에 해코지라도 하면 어쩌지?

빌린 집인데.

동료들에게 그렇게 말하자 곤 옹과 드라 짱이 집을 보고 있겠다고 나서 주었다.

"그럼 곤 옹, 드라 짱, 부탁 좀 할게."

『음.』

『올 때 사 올 선물은 꼬치구이면 돼~.』

"왜 모험가 길드에 다녀올 뿐인데 선물을 사 와야 하는 건데~."

『꼬치구이라. 좋군. 요전에 먹었던 곳들 중 맛있는 가게가 있었지.』

『고기~.』

아니아니, 페르랑 스이까지 거들지 말라고.

"뭐, 일단 다녀올게."

나는 페르와 스이를 데리고 모험가 길드로 향했다.

그리고 트리스탄 씨를 불러달라고 해서 조금 전에 있었던 일을 상세히 설명했다.

"흐음흠, 르바노프교가 그러한 짓을 저질렀다는 말이군요. 이거 큰일인걸요."

트리스탄 씨가 사악한 얼굴로 그런 소리를 했다.

"후후후후후후, 이거 그냥 넘어갈 일이 아닌 것 같습니다. 마침 무코다 씨께서 맡기신 물건을 왕께 헌상하러 왕도(王都)로 가려던 참이었으니 잘 됐군요."

어, 왕도?

아니, 이 나라의 임금님께 바칠 헌상품을 전해달라고 트리스탄 씨에게 부탁하기는 했지만, 그게 이번 일과 무슨 상관이지?

"아, 무코다 씨는 걱정하실 것 없습니다. 이쪽에서도 항의를 하는 건 물론이고, 만약 또 무코다 씨에게 민폐를 끼친다면 모험가 길드를 적으로 돌리게 될 것이라고 경고해둘 테니까요."

"아아, 근데 저희는 내일 카레리나로 출발할 예정인데요."

"오오, 그러셨습니까."

"내일 출발하기 전에 또 얼굴을 비치러 오겠지만, 오랫동안 신세 많이 졌습니다."

"아뇨아뇨, 저희야말로 좋은 거래를 했으니 오히려 감사 인사는 저희가 해야지요."

"아뇨, 그러지 않으셔도 돼요. 어쨌든 내일이면 이 도시와도 작별이라 그분들과도 더는 만날 일이 없을 테니 괜찮을 겁니다."

"상식이 통하지 않는 르바노프교가 상대라 장담은 못 하겠군요. 하지만 잠시 후 바로 엄중하게 항의를 해두면 모험가 길드를 적으로 돌릴 만한 짓은 삼갈 겁니다. 뭐, 이미 우리 나라를 적으로 돌린 것이나 다름없지만 말이죠. 후하하하하하."

……뭔가 불온한 소릴 들은 것 같은 기분이 들지만, 못 들은 척 해야지.

긁어 부스럼 만들기는 싫으니까.

◇ ◇ ◇ ◇ ◇

아~ 오늘은 아침부터 열 받는 녀석들이 와서 난리도 아니었네.

알아들을 수 없는 억지를 부리면서 돈을 뜯어내려 하다니, 아무리 생각해도 종교 관계자가 아니라 조직폭력배잖아.

정말 생각만 해도 화가 치밀어 오르네.

그 녀석들이 했던 짓을 모험가 길드에 보고하러 갔다가 신들이 주문한 물건들을 이것저것 준비하고 있었는데, 그러는 내내 화가 가시질 않았다.

이런 날에는 맛있는 거라도 먹어야 숨통이 트이지.

그런고로 봉인해두었던 그걸 만들기로 했다.

좋아하지만 품이 들어서 만들지 않았던 밀푀유카츠를.

고기를 겹겹이 쌓는 게 영 귀찮단 말이지.

시간도 오래 걸리고.

하지만 그건 맛있다.

치즈나 차조기잎 같은 걸 끼워넣으면 더 맛있다.

때마침 '고독한 요리사'라는 칭호도 붙었고 하니 말이야.

이 칭호는 혼자서 하는 조리 작업이 능숙해지고 속도도 빨라지는 보정 효과가 있으니 딱 맞는 메뉴잖아, 하하.

아무튼, 밀푀유카츠를 만들어 보자.

이번에 만들 건 고기만 포개어 올리는 노멀 버전과 사이에 치즈를 끼워 넣는 치즈 IN 버전의 밀푀유카츠, 두 종류다.

사실은 치즈가 들어있는 것과 차조기잎을 넣은 것을 만들고 싶지만, 고기 지상주의인 페르가 있으니까.

그 점을 고려해서 노멀 버전과 치즈 IN 버전으로 메뉴를 정했다.

치즈는 스이가 아주 좋아하고 나도 밀푀유카츠는 치즈를 넣은 걸 가장 좋아하니까.

우선은 인터넷 슈퍼에서 고기 이외의 재료를 조달했다.

그래 봐야 가공 치즈와 반죽물을 만드는 데 쓸 계란과 빵가루만 사면 되지만.

재료가 갖춰졌으니 바로 작업 개시다.

우선 얇게 썬 오크 고기를 늘어놓고 가볍게 소금 후추로 간을 한다.

그런 다음 얇게 썬 오크 고기를 열 장 포개어 노멀 버전을 만든다.

어느 정도 두께가 있어야 맛있으니까.

치즈 IN 버전은 오크 고기와 가공 치즈를 번갈아 포개되, 오크 고기는 일곱 장만 쓴다.

나 같은 경우, 가공 치즈는 늘 슬라이스 타입을 사용한다.

이쪽이 더 포개기 쉬우니까.

그런 다음 밀가루와 계란과 물을 응어리 진 부분이 남지 않도록 섞어서 만든 반죽물에 고기를 담근 후, 꾹꾹 눌러가며 빵가루를 단단하게 묻혀 나간다.

밀푀유카츠의 경우, 반죽물을 쓰는 편이 튀김옷이 잘 붙어 있고 모양이 흐트러지지도 않는 것 같아서 나는 늘 반죽물을 만들어 쓰고 있다.

그리고 나서는 170도 정도로 가열한 기름에 튀긴다.

처음에 튀김옷이 굳어질 때까지 건드리지 않는 게 요령이지.

튀김옷이 굳어지면 번갈아 뒤집어가며 노릇노릇하게 익을 때까지 느긋하게 튀기면 완성이다.

묵묵히 고기를 포개고 튀기기를 반복했다.

그렇게 대량의 밀푀유카츠가 완성되었다.

"후~ 좋아, 이 정도면 되려나."

『크~ 이것도 맛있군그래!』

곤 옹이 돈가스 소스를 뿌린 노멀 버전의 밀푀유카츠를 한입에 덥석 베어 물며 신음했다.

『음, 그럭저럭 괜찮군.』

곤 옹과 마찬가지로 한입에 덥석 베어 문 페르가 으스대며 그런 소리를 했지만 요란하게 꼬리를 흔들고 있는 걸 보면 맛있다는 거겠지.

『바삭하고 육즙이 넘치고 이 소스랑도 끝내주게 잘 어울려!』

그렇지?

역시 드라 짱은 뭘 좀 안다니까.

소스란 건 당연히……

이 돈가스 소스를 말하는 거다.

예전부터 먹어온 맛이 역시 최고라니까.

『쭉 늘어나는 하얀 게 들어 있는 거, 엄청 맛있어~.』

스이가 좌우로 크게 몸을 흔들며 기쁜 듯이 말했다.

스이는 치즈를 좋아하니까.

고기와 치즈의 조합은 무적이라고 생각한다.

하아, 입 안에 침이……

아차, 나도 얼른 먹어야지.

나는 치즈 IN 버전의 밀푀유카츠를 베어 물었다.

"크~ 맛있어! 치즈가 정말 최고야!"

이어서 쌀밥을 덥썩 입에 넣었다.

쌀밥과의 궁합도 최고라 반찬으로도 우수하다.

그리고 입가심으로 양배추 채를 입에 넣었다.

내 것에만 양배추 채를 곁들인 것이다.

여기 돈가스 소스를 뿌려서 먹으면 그게 또 끝내준다고.

카아~ 맛있다아.

아차, 튀김을 먹을 때 음료를 빼먹으면 섭섭하지.

나는 아이템 박스에서 평소처럼 차갑게 식은 프리미엄 맥주를
꺼냈다.

푸쉭, 꿀꺽꿀꺽꿀꺽——.

"하아~ 최고야."

역시 튀김에는 맥주지.

진짜 맛있다.

만들길 잘했어.

『어이, 한 그릇 더다! 고기만 있는 걸로 부탁하마.』

『나도! 나는 둘 다 주시게.』

『나도 둘 다!』

『스이는 있지~ 쭉 늘어나는 하얀 게 들은 걸로 한 그릇 더~.』

그래그래.

페르가 노멀 버전 밀푀유카츠고 곤 옹이랑 드라 짱이 노멀이랑 치즈 IN 버전. 스이가 치즈 IN 버전이지?

"여기 있어."

각자의 주문에 따라 추가 음식에 내놓자 다들 신이 나서 달려들었다.

뭐, 다들 맛있게 먹고 있는 데다 살짝 품이 많이 드는 요리도 '고독한 요리사' 칭호가 있으면 그렇게 힘들지 않단 말이지.

솔직히 말해서 이런 칭호를 어디에다 쓰나 싶었지만, 이건 이것대로 나에게는 좋은 칭호일지도 모르겠다.

"그나저나 밀푀유카츠는 참 맛있단 말야. 너무 맛있어서 낮에 있었던 안 좋은 일도 아무래도 좋아졌어."

다들 정신없이 먹는 모습을 보고 있으니 기쁘기도 하고.

나, 페르, 곤 옹, 드라 짱, 스이는 저녁 식사로 맛있는 밀푀유카츠를 마음껏 즐겼다.

『주공, 오늘 저녁 식사도 맛있었네. 아주 만족스러워.』

"하하하, 그거 다행이네."

밥을 먹었을 뿐인데 기분이 좋아진 곤 옹을 보고 있자니 새삼스럽지만 에인션트 드래곤이 이래도 되는 건가, 싶어서 쓴웃음이 지어졌다.

『음, 오늘 건 나쁘지 않았지.』

"나쁘지 않았다는 건 맛있었다는 뜻이지?"

『뭐, 그렇게 볼 수도 있지.』

나 참, 페르는 늘 말을 빙빙 돌려서 한다니까.

솔직하게 맛이 있으면 그렇다고 말하면 될 것을.

뭐, 꼬리를 흔드는 속도로 맛있다고 생각하는지 아닌지 다 알 수 있으니 상관없지만.

『저기 말이야, 오늘이야말로 디저트를 먹어도 되지 않을까? 봐 봐, 내 이빨도 보다시피 다시 났잖아. 이제 슬슬 푸딩을 먹고 싶어.』

드라 짱이 디저트를 먹고 싶다는 말을 하며 입을 쩍 벌려 날카롭게 돋아난 이빨을 보여주었다.

사실은 2주 정도 전에 드라 짱의 이빨이 툭, 하고 빠졌더랬다.

얼마나 놀랐는지 원.

최근에 단것을 너무 많이 먹은 탓인 것 같아서(하루에 두 개만 먹기로 했는데, 그보다 많이 먹을 때도 제법 있었으니까) 다 같이 조금 자제하고 있었다.

스이가 엄청나게 슬퍼했지만 마음을 독하게 먹고 강행했다.

드라 짱은『그냥 새로 날 때가 돼서 그런 거야』라고 말했었지만……

아무래도 이세계의 디저트이다보니 여러모로 걱정이 됐었다고.

그런고로 달콤한 디저트를 자제하고 있었는데, 슬슬 달콤한 것을 먹고 싶어 견딜 수가 없어진 모양이다.

『달콤한 거! 스이도 케이크 먹고 싶어어~!』

단것을 아주 좋아하는 스이도 케이크가 먹고 싶어 참을 수가 없는 모양이다.

페르는 육식 지상주의라 그 정도는 아닌 것 같지만, 보나마나 먹겠지.

으음~ 뭐, 단것을 끊은 지도 2주가 지난 데다(단것을 완전히 못 먹게 하자니 불쌍해서 가끔씩 주스는 내줬지만) 드라 짱의 이빨도 내가 걱정했던 것처럼 충치가 생겨서 그랬던 건 아닌 것 같으니까.

게다가 오늘은 르바노프교 녀석들을 쫓아낼 때 다들 힘을 빌려주었으니 그 답례라는 의미를 담아 디저트를 해금하도록 할까.

"그래그래. 디저트 봉인 해제야."

『좋았어!』

『와아~! 신난다~!』

드라 짱과 스이가 매우 들떠서 말했다.

"세 개까지야. 그리고 내일은 디저트를 건너뛰고 모래 두 개. 그다음부터는 하루씩 쉬어가며 먹자."

그렇게 말했더니 드라 짱과 스이가 불평을 했지만 못 먹는 것보다는 낫다고 생각했는지 납득해주었다.

"자아~ 그럼 뭘로 할래?"

『저기저기저기, 나는 당연히 푸딩!』

『스이는 케이크! 달콤~한 초콜릿 케이크가 좋아.』

『나도 평소 먹던 걸로 하마.』

드라 짱은 역시나 푸딩을 골랐고 스이는 자신이 제일 좋아하는 초콜릿 케이크를 골랐나.

은근슬쩍 주문을 한 페르는 늘 먹던 딸기 쇼트케이크겠지?

『주공, 그 디저트란 게 무엇인가? 모두가 소란을 피우는 걸로 보아 먹을 거라는 것은 알겠네만.』

아~ 곤 옹은 아직 먹은 적이 없었던가?

"디저트라는 건 뭐, 식후에 먹는 달콤한 거라고나 할까?"

『달콤한 것? 주공이 마시게 해준 사이다나 콜라를 말하는 겐가?』

"으음~ 그거랑은 다른데. 그건 음료니까. 그러니까, 케이크라고 해서……. 직접 먹어보는 게 빠르겠네. 이번에는 내가 골라도 될까?"

『음, 상관없네. 주공이 내주는 음식이라면 틀림없을 테니 말이야.』

그런고로 곤 옹의 몫은 내가 고르게 되었다.

나는 오랜만에 인터넷 슈퍼의 외부 브랜드, 후미야의 페이지를 띄웠다.

일단 페르와 드라 짱과 스이의 몫을 카트에 넣었다.

페르에게는 국산 딸기를 사용한 프리미엄 쇼트케이크 세 개를.

드라 짱에게는 딸기맛과 바나나맛 선디(sundae)* 푸딩과 커스터드 푸딩을.

---

* 선디 아이스크림처럼 푸딩을 크레페 반죽으로 감싸거나 딸기 등의 토핑을 얹은 푸딩 디저트.

스이에게는 초콜릿 크림을 듬뿍 사용해서 만든 초콜릿 케이크와 초콜릿 시폰 케이크, 그리고 바나나향 크림을 사이에 넣은 초코 바나나 케이크를.

그리고 내가 곤 옹이 먹을 디저트로 고른 것은 쇼트케이크의 정석이라 할 수 있는 딸기 쇼트케이크, 기간 한정 디저트인 여름귤 타르트, 그리고 곤 옹의 이미지상 이걸 좋아하지 않을까, 라는 독단과 편견으로 고른 산뜻한 녹색을 띤 말차 케이크다.

계산을 한 후, 모두의 앞에 내놓자 페르와 드라 짱과 스이는 오랜만에 디저트를 본 탓인지 곧장 달려들었다.

"곤 옹도 먹어 봐. 맛이 없지는 않을 거야."

『그럼……. 호오, 달지만 그뿐만은 아니로군. 과실의 싱그러운 단맛도 느껴져.』

딸기 쇼트케이크를 한입에 날름 먹더니 곤 옹이 그런 감상을 내놓았다.

『이쪽에 있는 오렌지색은……. 흐음, 이건 과실의 싱그러운 새콤달콤함이 더욱 강렬하게 느껴지는군그래.』

여름귤 타르트에는 여름귤이 잔뜩 얹혀 있었으니까.

『마지막은 이 산뜻한 녹색을 띤 것이로군. ……흐으음, 이건, 씁쓸함과 달콤함. 상반되는 맛인데, 어째서인지 잘 어우러지는군. 코를 자극하는 상쾌한 향도 참으로 좋고. 이거 맛있구먼!』

"곤 옹은 말차 케이크가 마음에 들어?"

『이건 말차라고 하는 겐가. 음, 마음에 드네.』

"그럼 다음에 디저트를 먹을 때는 말차 축제를 벌여야겠네."

『후하하, 그거 괜찮겠군.』

모두가 디저트를 즐기는 동안, 나는 나대로 직접 만든 달달한 카페오레를 즐겼다.

그리하여 나는 오늘 있었던 안 좋은 일을 완전히 잊을 수 있었다.

내일은 카레리나로 돌아가기로 한 날이라 페르, 곤 옹, 드라짱, 스이는 일찌감치 잠자리에 들었다.

나도 같이 자고 싶었지만 마지막으로 할 일이 남아 있었다.

그런고로 신들에게 말을 걸었다.

"여러분, 오래 기다리셨습니다~."

『목이 빠지게 기다렸느니라!』

『얼마나 기다렸는지 몰라~.』

『오, 왔구나!』

『……왔어.』

『좋았어, 기다리고 있었네!』

『후하하하하하, 왔구나 왔어.』

말을 걸자 지체 없이 대답이 들려왔다.

아무래도 다들 이미 준비하고 있었던 모양이다.

『아 참, 어쩐지 지금 있는 도시에서도 우리들의 교회에 기부를 해준 것 같던데. 고마워.』

『고맙다.』

『잘했느니라!』

『고마워.』

키샤르 님의 말을 시작으로 다른 여신님들의 감사 인사가 이어졌다.

『이번에는 우리 쪽에도 와준 모양이더군. 고맙네!』

『그래. 고맙다!』

헤파이스토스 님과 바하근 님도 감사의 말을 전해왔다.

"아뇨아뇨. 이래저래 돈이 모여서 조금은 환원해야 할 것 같다는 생각이 들었거든요."

내가 그렇게 말하자 유감 여신, 닌릴 님이 나직하게 중얼거리는 소리가 들려왔다.

『……그렇게 돈이 많으면 우리의 예산도 늘려줘도 되지 않느냐.』

네에네. 그런 말은 모조리 다 무시할 겁니다.

지금 늘리면 한도 끝도 없이 늘어날 것 같은 예감이 드니까.

위험하다고. 위험해.

아닌 게 아니라 한 달 예산인 금화 네 닢(일본 엔화로 4만엔)도 아주 많다고는 할 수 없지만 적지는 않은 액수 아니야?

눈높이를 높이자면 끝이 없는 고액 상품인 미용 제품이며 술을 주문하는 키샤르 님과 헤파이스토스 님, 바하근 님이라면 모를까 닌릴 님은 디저트에만 예산을 쓰잖아.

달마다 4만 엔어치의 디저트는 결코 적은 게 아니라고.

이번만 해도 얼마나 양이 많은데.

뭐, 이 유감 여신님은 그걸 다음 공물을 바치기 전에 먹어치워

버리지만.

무시무시한 유감 여신님이라니까.

아 참, 그보다 궁금한 게 있었지.

"저기, 여러분의 교회 말고도 약신님의 교회(?)가 있던데, 약신님은 계신가요?"

『아~ 그러고 보니 있었지.』

『있었더랬다~.』

『요즘 들어 코빼기도 안 보이고 있지만 말이야.』

『계~속 자기 궁에 틀어박혀 있어.』

어쩐지 여신들의 반응이 시원치 않은데.

『후하하하, 그 녀석은 방구석에 틀어박혀 약만 연구해대는 별종이니 말이네.』

『나 같은 경우는 그 녀석을 거의 500년 동안이나 못 봤지.』

헤파이스토스 님의 이야기를 통해 상상컨대, 연구를 엄청 좋아하는 은둔형 외톨이라는 뜻인가?

그나저나 바하근 님이 거의 500년 동안 못 봤을 정도라니, 약신님은 대체 얼마나 오래 밖으로 안 나온 건가요……

『신자 수로 치면, 우리 네 여신이 많아서 그만큼 교회도 많지만 장소에 따라서는 우리 이외의 신의 교회가 있기도 해. 그러니 앞으로도 이번처럼 네 사정이 될 때는 조금만 도와줘.』

"네, 물론이죠. 아, 르바노프교에는 절대로 기부를 안 할 거지만요."

『아아, 거긴 됐어. 르바노프라는 신은 없으니까.』

『키샤르의 말이 맞느니라. 그건 인간들이 멋대로 만들어낸 존재이니라.』

『맞아. 르바노프라는 남자가 돈을 긁어모으려고 만든 것뿐이야.』

『사교(邪敎).』

『와하하하하. 루사루카여, 사교라니 말 한번 잘했다! 내 신자 중 대다수인 드워프를 박해하고 있는 녀석들은 그야말로 사교지.』

『뭐어, 우리가 보기에는 인간 지상주의 같은 걸 교의로 삼고 있는 시점에서 이미 사교라 할 수 있지만.』

신들도 르바노프교에 관해서는 악평을 쏟아냈다.

개인적으로는 속이 다 시원했다.

"맞다, 하나 궁금한 게 있었는데, 창조신님의 교회는 없습니까?"

지금까지 여러 도시를 돌아다녔지만 데미우르고스 님의 교회는 하나도 없었던 것 같은데.

『아~ 그거…….』

신들이 말하길, 애초에 데미우르고스 님이 하계(下界)에 손을 대는 일은 거의 없다고 한다.

가호를 내린 자도 극소수에 불과하다.

심지어 가호를 받은 본인은 그 가호에 관해 떠벌리고 다니지 않는 자들뿐이라 데미우르고스 님에 관한 정보가 하계에 있는 우리 인간들에게 알려지지 않은 거라고 한다.

신탁을 내리는 일도 거의 없어서 현재 데미우르고스 님에 관한 이야기는 지방의 구전으로만 전해지고 있다는 모양이다.

신들도 자신들의 이름만 퍼져 나가도 괜찮은 걸까, 하고 우려

했던 시기가 있었다는데 데미우르고스 님이 그런 건 신경 쓰지 말라고 한 데다, 본인도 전혀 신경 쓰지 않는 듯한 분위기였다고 한다.

역시 이 세계를 만든 창조신이라니까.

도량이 넓어.

그나저나 신탁을 내리는 일도 거의 없다고 한 것치고 나는 데미우르고스 님한테 신탁을 꽤 많이 받았는데.

뭐, 뭐어, 그 점은 신경 쓰지 않는 게 좋으려나.

가만, 그보다 얼른 이분들에게 공물을 바쳐야지.

"그럼 주문하신 물건들을 바치고자 합니다. 평소처럼 우선 닌릴 님부터요."

『그래그래그래그래, 기다렸느니라! 케이크랑 도라야키~!』

아니, '케이크랑 도라야키~!'는 무슨.

이번에도 약속했던 한 달 간격보다 조금 일찍 공물을 바치는 건데.

디저트를 얼마나 빨리 소비하는 거야.

닌릴 님의 종이 상자 안에는 주문한 대로 홀 케이크 말고도 한정 케이크며 도라야키 등이 들어 있다.

주문을 받을 때 『홀 케이크를 독점하는 사치를 누리는 것이야말로 궁극의 행복이니라』라는 둥, 듣기만 해도 속이 울렁거리는 이야기를 역설했더랬다……

일단 주문한 대로 딸기 쇼트케이크와 초콜릿 쇼트케이크를 홀 케이크로 준비하고, 후미야에서 국산 후르츠 페어라는 것을 하고 있기에 거기에 나와 있던 파인애플 시폰 케이크와 여름귤 타르트, 국산 멜론 롤 케이크 등의 한정 케이크들을 슬그머니 넣어두었다.

나머지는 닌릴 님이 좋아하는 도라야키로 몽땅 채워 넣었다.

"주문하신 공물입니다. 받아주십시오."

디저트가 꽉꽉 들어찬 닌릴 님의 종이 상자를 아이템 박스에서 꺼내 거실에 자리한 테이블 위에 올려놓았다.

『기다리고 또 기다렸던 나의 단것~! 고마우니라~!』

유감 여신, 닌릴 님의 그러한 말과 함께 옅은 빛이 나더니 종이 상자가 사라졌다.

『케이크와 도라야키가 한가득이니라~.』

『잠깐~ 닌릴, 또 여기서 먹을 셈이야?』

『더는 기다릴 수가 없느니라. 하나 정돈 괜찮지 않느냐. ……므호~ 역시 도라야키는 맛있느니라~!』

저 여신, 또 참지 못하고 그 자리에서 먹고 있나 보네.

닌릴 님은 정말 유감 여신이라니까.

다음으로 넘어가자.

"다음은 키샤르 님이네요."

키샤르 님은 당연히 미용 제품을 주문했다.

지난번에 써보고 완전히 매료된 것인지, 이번에도 ST-Ⅲ 시리즈를 주문하셨다.

스킨 중 가장 큰 사이즈인 230밀리리터를 재주문하시겠단다.

이 스킨을 쓰기 시작하고서부터 피부가 몰라보게 촉촉하고 깨

끗해졌다나 뭐라나.

그런 걸 제가 어떻게 알아요.

이번에는 그것과 함께 화장솜을 대량으로 주문하셨다.

조사를 통해 이 스킨을 바를 때 화장솜을 사용하면 더욱 효과가 있다는 걸 알아냈다는 모양이다.

얼마나 조사를 한 거람, 나 참.

그리고 남은 예산으로는 또다시 ST-Ⅲ를.

그것도 이번에는 에센스를 주문하셨다.

피부결 정리, 탄력, 윤기, 그리고 모공 관리에 효과가 있다고 하기에 써보고 싶었다고 흥분해서 말을 쏟아냈다.

용량은 30, 50, 70밀리리터가 있었는데 고민 끝에 50밀리리터를 고르셨다.

30밀리리터는 금방 떨어질 것 같으니 분발해서 50밀리리터로 하시겠단다.

그 가격은, 다소 할인이 적용된 마츠무라 키요미에서도 금화한 닢에 은화 일곱 닢.

무진장 비싸다.

이왕 사는 김에 세트로 맞추고 싶다며 마지막으로 고른 것은 같은 ST-Ⅲ의 클렌징 폼이었다.

이것도 은화 여섯 닢이나 했다고.

물건의 개수는 적지만 고가 상품만 들어있는 키샤르 님의 종이 상자를 테이블 위에 내려놓자 역시나 금방 사라졌다.

『꺄악~ 이로써 그토록 갖고 싶었던 ST-Ⅲ가 풀세트로 모였어~! 고마워! 후훗. 오늘 밤엔 꼼꼼히 피부 관리를 해봐야지~.
후후후후후~ ♪』

뭐, 뭔가 키샤르 님이 신이 나서 콧노래를 흥얼거리며 사라진
것 같은데.

마음을 다잡고 다음으로 넘어가자.

"으음, 다음은 아그니 님 차례네요."

아그니 님은 당연히 맥주다.

늘 드시는 S사의 프리미엄 맥주와 Y비스 맥주, S사의 검은 라
벨 맥주를 상자째로.

그리고 한 상자는 다른 걸로 꾸려달라고 주문하시기에 쌉쌀한
맛으로 유명한 A사의 은색 캔 맥주를 선택해 보았다.

거기에 이번에도 지역 맥주 맛 비교 세트를 마시고 싶다고 하
시기에 국산과 해외의 지역 맥주 맛 비교 세트를 골랐다.

나머지는 적당히 추천할 만한 걸로 채워달라고 하셔서 백중날
기념으로 나왔던 다소 비싼 프리미엄 병맥주 세트를 두 종류 정
도 준비했다.

아그니 님의 몫인 어느 정도 중량감이 있는 종이 상자를 테이
블 위에 척척 쌓아 올렸다.

"아그니 님, 여기 있습니다."

『오오~ 많기도 하네. 오늘 밤에 바로 마셔보겠어. 고맙다!』

아그니 님의 활기찬 목소리와 함께 묵직한 상자들이 사라졌다.

『우햐~! 오늘밤엔 코가 비뚤어지도록 마셔주겠다고~.』

아, 아그니 님, 과음하지 않도록 조심하세요.

『다음은 나. 케이크랑 아이스크림..』

루카 님, 더는 기다릴 수가 없었던 모양이네요.

빠짐없이 준비해 뒀으니 걱정 마세요.

케이크는 닌릴 님과 마찬가지로 한정 케이크를 주문하시기에 후미야의 국산 후르츠 페어에 나와 있던 파인애플 시폰 케이크에 여름귤 타르트, 국산 멜론 롤케이크를 비롯한 한정 케이크들을 몽땅 넣었다.

그리고 아이스크림은 인터넷 슈퍼와 후미야에서 있는 대로 긁어모았습니다.

그러다 보니 종류도 양도 엄청나게 많아졌지만요.

"여기 있습니다. 받아주십시오."

『고마워.』

그 말과 함께 테이블 위에 올려둔 종이 상자가 역시나 순식간에 사라졌다.

그리고 타다다다닷, 하고 달려가는 발소리가 들려왔다.

루카 님, 공물을 가지고 자기 집으로 돌아가셨구나.

그리고 다음은…….

『좋았어, 다음은 우리 차례네!』

『후하하, 부탁했던 위스키를 마실 생각을 하니 벌써부터 기대가 되는군!』

애주가 콤비인 헤파이스토스 님과 바하근 님.

이 두 분은 키샤르 님을 따라 한 것인지 술에 관한 조사를 시작한 모양이었다.

그렇게 해서 주문한 것이 모조리 어떻게 알아낸 것인지 모를 고급 위스키들이었다.

　일부러 평소 마시던 국산품 중에서 세계 제일이라는 자리에 오른 적이 있는 위스키를 봉인해 가면서까지 심혈을 기울여 메뉴를 선정했다.

　그렇게 해서 두 분이 주문한 것은…….

　전통적인 연속식 증류기를 사용해서 위스키용 맥아로만 만든 국산 위스키.

　세계 넘버 1인 스카치위스키 브랜드에서 출시한, 엄선된 위스키 원액만을 블렌딩 해서 만든 희귀한 일품으로 블루 라벨이 상징적인 위스키.

　국제대회에서 여섯 번이나 금상을 따낸 적이 있는 농후한 맛의 위스키.

　도기로 된 병이 특징적인 최고급 스카치위스키.

　버번 통에서 숙성한 후 셰리 통으로 옮겨 담아 다시 숙성하여 도합 12년에 걸쳐 숙성시킨 싱글 몰트 위스키.

　고온에서 볶아 갈색을 띠게 된 초콜릿 몰트라 불리는 맥아를 사용한, 고급스러운 병이 특징인 위스키.

　예산을 고려해서 고급 위스키는 이 여섯 병만 주문하셨다.

　나머지는 저렴한 가격대의 위스키를 잔뜩 넣어달라고 하시기에 리큐어 샵 다나카의 랭킹 등을 참고해서 저렴하면서도 평가가 좋은 것을 골라보았다.

　두 분의 몫으로 몇 개나 되는 종이 상자에 위스키를 빼곡하게 담아 넣었다.

유리병에 담겨 있다 보니 아이템 박스에서 종이 상자를 꺼내 테이블 위에 올려놓을 때 신중해질 수밖에 없었다.

"애타게 기다리셨던 위스키입니다. 받아주십시오."

『호호~ 기다리고 있었네! 늘 고맙구먼!』

『드디어 왔군! 카아~ 아주 기대되는구먼! 느긋하게 맛보며 마시자고! 고맙다!』

헤파이스토스 님과 바하근 님도 잔뜩 신이 나셨네.

『전쟁의 신, 어서 맛보도록 하세!』

『당연히 그래야지!』

그런 이야기 소리가 오간 후, 달그락달그락 병과 병이 부딪히는 소리를 내며 두 사람이 떠나갔다.

"후우~ 이제 데미우르고스 님 차례구나. 데미우르고스 님의 몫은 공물을 바친 지 조금 오래돼서 신경 좀 썼지."

일본주는 리큐어 샵 다나카 점장이 엄선한 대음양 다섯 병 맛 비교 세트와 니가타 인기 명주 다섯 병 맛 비교 세트, 전국 청주 맛 비교 세트에 쌉쌀한 맛 지역 명주 맛 비교 세트를 준비했다.

그리고 최근 마음에 들어 하셨던 매실주도 리큐어 샵 다나카의 랭킹에 오른 것에서 다섯 병 골랐다.

걸쭉함과 단맛을 또렷하게 느낄 수 있는, 50년도 더 되는 세월 동안 사랑을 받아온 상품이라는 매실주와 매실주인데도 복숭아 같은 향과 걸쭉한 목 넘김이 특징인 매실주, 그리고 매실주 콘테스트에서 1위를 획득한 실적이 있는, 풍부한 매실향을 지닌 매실주와 나가노산 매실을 브랜디에 담가서 진한 향과 부드러운 맛을 즐길 수 있는 매실주, 마지막으로 흑당과 벌꿀을 사치스럽게 사용해 깊은 맛이 나는 진한 매실주.

거기에 평소와 같이 프리미엄 캔 술안주를 왕창 챙겨 넣었다.

"영차."

일본주와 매실주, 그리고 캔 술안주가 든 세 개의 종이 상자를 테이블 위에 올려놓았다.

"데미우르고스 님, 오래 기다리셨습니다. 부디 이 공물을 받아 주십시오."

『허어허어허어, 매번 고맙군그래.』

"아뇨아뇨. 그보다 최하층에 엄청난 게 있던데요…….."

『허어허어허어. 하지만 내가 말했던 대로 괜찮지 않았는가. 제아무리 나라도 동료로 삼을 줄은 몰랐지만 말이야. 허어허어허어.』

"아니아니, 그런 걸 어떻게 쓰러뜨립니까. 에인션트 드래곤이라고요, 에인션트 드래곤."

『그렇지는 않다네. 자네의 사역마들이 힘을 합치면 충분히 승산은 있었어.』

"승산이 있었다고 해도, 저는 사람의 말을 하고 대화가 가능한 상대를 쓰러뜨리기는 싫어요."

『진정하게나, 에인션트 드래곤도 동료가 되어 더욱 재미있어지지 않았는가.』

"……저기, 재미있어졌다는 게 무슨 말씀이신가요, 데미우르고스 님?"

『어이쿠, 본심이 새어 나와 버렸구먼. 그럼 잘 있게나.』

"데미우르고스 님?!"

저기요~ 어떻게 된 거냐니까요, 데미우르고스 님~!

나 참, 자기한테 불리한 이야기가 나오자 통신을 끊다니.

재미있어지다니, 완전히 우리를 오락거리로 보고 있다는 뜻이 잖아요.

정말이지.

하아, 하지만 신한테 불평을 해봐야 달라지는 건 없겠지.

그만 자자, 자.

◇ ◇ ◇ ◇ ◇

드디어 카레리나로 돌아갈 날이 왔다.

아침 일찍 상인 길드에 들러서 빌렸던 저택의 열쇠를 반납하고 그대로 모험가 길드로 직행했다.

어제 미리 말을 해두기도 한 덕에 금방 길드 마스터인 트리스 탄 씨가 나왔다.

부길드 마스터인 바르톨로메오 씨와 함께.

"두 분 모두 신세 많이 졌습니다."

"조심해서 돌아가라고. 뭐, 너희라면 걱정할 필요도 없을 것 같 지만."

"아아, 그거라면 걱정하시지 않아도 될 것 같습니다. 곤 옹이 커져서 등에 태워주기로 했는데, 오늘 중에는 카레리나에 도착할 거라네요."

내가 그렇게 말하자 어째서인지 트리스탄 씨와 바르톨로메오 씨가 깜짝 놀란 표정을 지었다.

"우왁~ 여, 여, 연락~! 각 지부에 긴급 연락을 해야 해애애애애애애!"

그렇게 외치며 트리스탄 씨가 달려갔다.

"어? 트, 트리스탄 씨가 왜 저러시죠?"

"하아아아, 너란 녀석은 정말⋯⋯."

어째서인지 바르톨로메오 씨가 땅이 꺼져라 한숨을 내쉬었다.

"네가 말한 곤 옹은 뭐지?"

"네? 곤 옹은 에인션트 드래곤이죠⋯⋯."

"실제 모습은 엄청 거대하지?"

"네에."

"지상에서 그게 안 보일 것 같냐?"

"앗."

"뭐가 얼어죽을 놈의 '앗'이야. 너, 느닷없이 커다란 드래곤이 나타나면 어떻게 될 것 같냐? 심지어 눈썰미 있는 놈들이 보면 에인션트 드래곤이라는 게 그대로 들통 날 텐데. 조금만 생각을 해보면 알 수 있잖아~."

아니, 그게, 죄송함다.

"뭐, 이번에는 트리스탄이 어떻게든 해주겠지만 앞으로 에인션트 드래곤을 타고 이동할 경우에는 사전에 제대로 절차를 밟아두라고."

"아, 네, 알겠습니다."

이야~ 그런 건 전혀 생각도 못 했네.

정말 큰일 날 뻔했어, 에헷.

약간의 사고가 있기는 했지만 우리 일행은 무사히 브릭스트를 떠날 수 있었다.

그리고 도시에서 조금 떨어진 평원에서…….

『좋아~ 이 정도면 충분하겠지. 원래 크기로 돌아가마.』

곤 옹이 그렇게 선언한 직후, 몸 전체가 번쩍 빛나더니 순식간에 던전 최하층에서 보았던 초거대한 모습으로 돌아가 있었다.

『주공, 그리고 너희들도 내 등에 타거라.』

『흥, 잘난 척은.』

"자자, 그런 소리 말고."

페르는 이동수단이 자신이 아니게 된 게 살짝 못마땅한 눈치였다.

『와아~ 높아~!』

『전망이 꽤 좋은데?!』

스이와 드라 짱은 어느샌가 곤 옹의 등에 올라타 있었다.

"자, 우리도 가자."

『흥.』

나로 말하자면…….

"끄응……. 하아, 겨우 올라왔네."

한참을 낑낑댄 끝에야 겨우 등에 도착할 수 있었다.

『좋아, 준비는 됐겠지? 그럼 출발하겠네.』

"잠깐만 있어 봐! 곤 옹, 정말 진짜로 괜찮은 거지?"

『주공은 정말로 걱정도 많군. 내 몸 주변에는, 특히 날고 있을 때는 바람의 영향을 되도록 받지 않기 위해 결계가 쳐져 있네. 때문에 날아갈 일은 없으니 안심하시게.』

"그 말을 들으니 좀 안심이 되네."

내가 그렇게 말함과 동시에 곤 옹의 커다란 몸이 두둥실 떠올랐다.

그리고 커다란 날개를 펄럭펄럭 위아래로 움직일 때마다 상승했다.

『뭐, 바람의 영향을 전혀 받지 않는 건 아니지만 말이지. 게다가 떨어질 것 같은 장소에서는 조심하는 게 좋을 게야. 결계는 바람을 어느 정도 막아줄 뿐, 낙하까지 방지해주지는 않으니.』

"잠깐~ 그런 건 진작 말했어야지~!"

『와아~. 주인, 저것 좀 봐~ 도시가 쬐그마하게 보여~!』

스이가 곤 옹의 목덜미 쪽에서 아래를 내려다보며 말했다.

"끄아악~ 스이가 떨어지려고 그래~!"

『진정하라고. 스이는 그런 실수 안 해.』

초조해하는 나에게 드라 짱이 어이가 없다는 투로 그렇게 말했다.

『이보게 주공, 방향은 이쪽이 맞는가?』

곤 옹이 그렇게 물었지만 방향치 기질이 있는 나로서는 판단하기가 어려웠다.

"으음~ 페르?"

『하여간 너는……. 음, 이 방향으로 쭉 가면 된다.』

『음, 알겠다. 그럼 속도를 내겠네.』

"우와아아아아악, 너무 빨라~! 몸이 날아가지는 않을 거라고 했잖아아아."

『바람의 영향을 완전히 안 받는다고는 안 하지 않았는가. 그 정도는 참으시게.』

"곤 옹은 거짓말~쟁이야~~~!"

"그 모험가는 나에게도 이러한 것을 보낸 건가."

나의 나라에서 유일하게 던전이 있는 도시 브릭스트, 그곳의 모험가 길드의 길드 마스터가 가져온 물건들이 눈앞에 있다.

그 모험가가 보내온 헌상품이다.

그것을 본 왕비는 이미 황홀경에 젖어 눈을 떼지 못하게 된 지 오래다.

그 심정도 이해는 된다.

왕인 나 또한 이러한 물건은 처음 보기 때문이다.

"네. 앞으로 모쪼록 잘 부탁드린다며 보낸 물건들이옵니다."

"잘 부탁한다고 한들 그렇게 대단한 일은 해주지 못한다만. 애초에 펜리르를 사역마로 둔 자에게 손을 댈 수 있을 리가 없지 않느냐."

전설의 마수 펜리르를 거느린 자, 그 가치는 헤아릴 수도 없다.

처음에는 어떻게든 이 나라에 잡아두고 싶었지만 레온하르트 왕이 보내온 서간 덕분에 정신이 들었다.

펜리르의 화를 사면 나라가 위태로워질 거다.

까딱 잘못했으면 내가 이 나라의 마지막 왕이 될 뻔했다.

"해서, 그 모험가의 이름이 무코다라 했던가? 펜리르와는 별개로 또 터무니없는 것을 사역마로 들였다는 소문을 들었다만, 사실이더냐?"

내 귀에 들려올 정도니, 아주 근거 없는 소문은 아닐 것이다.

하지만 선뜻 믿기지 않는 이야기였다.

"네, 사실이옵니다. 무코다 씨는, 에인션트 드래곤을 사역마로 삼았습니다. 저도 실제로 보았으니 틀림없습니다."

길드 마스터의 답변을 듣자 무의식중에 깊은 한숨이 흘러나왔다.

"하아~……. 애초에 무코다는 던전에 들어간 것이 아니더냐. 그 에인션트 드래곤은 던전에서 난 마물이냐? 던전에 에인션트 드래곤이 나온다는 이야기는 들어본 적이 없다만."

"아뇨, 그게 말입니다. 저희 부길드 마스터가 무코다 씨에게 전해 들은 자세한 설명에 따르면……."

길드 마스터의 말에 따르면 에인션트 드래곤은 브릭스트 던전의 최하층에 있었는데, 그곳에 침입한 것이 200년도 더 된 일이라고 한다.

200년 전에는 이미 브릭스트라는 도시가 있었고, 던전 일대도 엄중하게 경계하고 있었을 터인데…….

심지어 에인션트 드래곤은 거대하다고 들었는데, 그런 것이 대체 어떻게 던전에 들어간 것인지도 의문이다.

그 점에 관해 길드 마스터에게 물어보니, 에인션트 드래곤은 크기를 자유자재로 바꿀 수 있다는 모양이다.

길드 마스터가 실제로 봤을 때도 옆에 있던 펜리르와 그리 큰 차이가 나지 않았다고 한다.

설마 에인션트 드래곤에게 그런 능력이 있었을 줄이야.

"에인션트 드래곤까지 사역마로 삼다니……. 무코다는 펜리르뿐 아니라 에인션트 드래곤까지 수중에 넣어서 무엇을 할 속셈 이지?"

펜리르와 에인션트 드래곤을 거느리고 있다면 우리 나라, 아니, 이 대륙 전토를 수중에 넣는 것도 어렵지 않을 거다.

"그 점에 관해서도 부길드 마스터가 들은 바에 따르면……."

무코다에게 사정을 들은 부길드 마스터라는 자는 터무니없는 전력을 손에 넣은 무코다에게 의구심을 품고 '이 대륙의 패권을 거머쥘 셈이냐?'라고 따져 물었다고 한다.

하지만 무코다는 크게 놀라며 그런 생각은 전혀 없다고 딱 잘 라 부정했다는 모양이다.

"무코다 씨의 온후한 성격상 그 말에 거짓은 없을 것으로 생각 됩니다. 펜리르와 에인션트 드래곤도 무코다 씨의 말에는 따르고 있었습니다. 게다가 펜리르와 에인션트 드래곤에게서도 언질을 받아뒀습니다. '지금까지처럼 손을 대지 않는 한, 이쪽에서 무언 가를 할 일은 없을 거다'라고 하더군요."

"흐음, 그러한가……."

하지만 상대는 펜리르와 에인션트 드래곤이다.

마음만 먹으면 간단히 우리 나라를 멸망시키고도 남을 거다.

"여보, 걱정해봐야 뾰족한 수는 없지 않나요. 애초에 펜리르와 에인션트 드래곤을 상대로 싸워 이길 수 있는 나라가 있습니까?"

조금 전까지 헌상품 감상에 푹 빠져 있던 왕비가 그렇게 말했다.

"뭐어, 그건 그렇소만……."

"달리 방법이 없는 일에 관해 궁리한들 시간 낭비입니다. 그 무코다라는 모험가가 억지를 부리거나 부조리한 요구를 했다면 그에 상응하는 대응을 고려해야 했겠지만, 그렇지는 않았다 했지요?"

왕비가 길드 마스터를 바라보며 그렇게 물었다.

"예, 바로 그렇습니다. 무코다 씨는 지위와 권력에는 일체 관심이 없는 모양이라, 일반 모험가와 마찬가지로 자유롭게 살아가고 싶다고 생각하는 듯했습니다."

"그렇다는군요."

"으음~ 분명 일어나지도 않은 일을 두고 생각해 봐야 부질없는 짓인가."

"그래요, 여보. 그보다는 지금까지 그랬던 것처럼 자유롭게 놓아두면 이렇게 근사한 물건을 다시 헌상해 올지도 모르잖아요?"

"그도 그렇군. 이미 무코다에 관한 방침은 우리 나라의 귀족들과 주요 기관에 통보해 두었으니, 바보 같은 짓을 할 녀석들은 없을 테지."

펜리르를 사역마로 삼은 모험가가 우리 나라에 온다는 연락을 받자마자 우리 나라의 모든 귀족과 주요 기관에 통지문을 보내두었으니 그 부분은 걱정하지 않아도 될 거다.

그런 생각을 하고 있자⋯⋯.

"폐하, 한 가지 아뢰어도 되겠습니까?"

"무엇이냐?"

"그게 말입니다⋯⋯."

길드 마스터의 이야기를 듣다 보니 내 표정이 점점 험악해지는 게 느껴졌다.

르바노프교의 머저리들이 사고를 쳤다.

분명 통지를 했음에도 불구하고 말이다.

이래서 저 머저리들을 우리 나라에 들이기 싫었던 거다.

르바노프교가 우리 나라에도 교회를 짓고 싶다고 했을 때, 사실은 거절하고 싶었지만 우리 나라가 표방하고 있는 자유로운 국풍(國風)이 발목을 잡아 거절하지 못하고 들이고 만 것이다.

그 일만 떠올리면 통탄스러울 따름이었건만, 르바노프교에 속한 자들이 이토록 머저리일 줄이야.

펜리르와 에인션트 드래곤이 나란히 버티고 있건만 돈을 뜯어내러 가다니, 뼛속까지 바보라 할 수밖에 없지 않은가.

그 누구도 그걸 막지 않았단 말인가?

그들 모두가 머저리라 생각하니 짜증이 치미는군.

르바노프교가 어떻게 되건 알 바 아니지만 문제를 일으킨 게 우리 나라의 땅에서 포교 중인 자들인 탓에 완전히 관련이 없다고 단언할 수도 없군.

"멍청한 것들이, 쓸데없는 짓을 벌였군."

나도 모르게 짜증 섞인 말이 새어 나왔지만 어쩔 수 없다.

르바노프교에 있는 자들은 다들 수전노다.

그래서 우리 나라에 르바노프교의 교회 따위 만들고 싶지 않았던 거다.

머저리들 같으니, 우리 나라를 휘말려 들게 하면 가만 안 두겠다.

"여보, 이건 르바노프교를 이 나라에서 추방할 좋은 기회가 아닌가요?"

"폐하, 외람된 말씀이지만 저도 왕비님의 말씀이 옳다고 생각합니다. 르바노프교에 속한 이들은 통지를 무시하고 우리 나라의 국익에 몹시 해가 되는 행위를 저질렀습니다. 무코다 씨가 온후한 사람이었기에 망정이지, 본래 그 자리에서 죽었어도 이상할 게 없었습니다……. 펜리르와 에인션트 드래곤도 무코다 씨에게 위해를 가하는 녀석들은 가만히 두지 않겠다고 말했습니다. 만약 펜리르와 에인션트 드래곤이 날뛰었다면 제가 있던 도시도 무사하지 못했겠지요."

"음, 일리 있는 말이로군. 그 창부리가 우리 나라를 향하지는 않았다지만 우리 나라에서 날뛰었다면 틀림없이 국가적인 피해가 발생했겠지. 좋아, 르바노프교에게는 우리 나라의 방침에 반하는 동시에 국익을 해치는 행위를 했다는 명목으로 추방 명령을 내리겠다."

"그게 좋겠어요, 여보. 그러한 자들은 우리 나라에 필요 없으니까요. 그보다 무코다라는 모험가 쪽이 우리에게 훨씬 많이 공헌을 했잖아요?"

그렇게 말하며 다시 황홀한 눈으로 헌상품을 바라보았다.

왕비의 시선 끝에는 왕인 나도 좀처럼 구경하기 어려울 만큼 큼지막한 사파이어가 박힌 반지와 목걸이와 귀걸이가 있다.

"저, 결심했어요. 다음 파티에는 이 반지와 목걸이와 귀걸이로 몸단장을 하기로. 분명 주목을 한눈에 받을 수 있을 거예요~."

후하하, 나의 왕비는 태평하기도 하군.

뭐, 나 또한 저기 있는 황금빛으로 빛나는 즐라토로크의 뿔을 침실에 장식해둘 생각이기는 하다만.

저녁 식사 후 휴식 시간에 느긋하게 커피를 마시며 인터넷 슈퍼를 들여다보고 있었다.

그러고 보니 슬슬 보디 워시가 떨어져 간다는 게 생각나서 외부 브랜드인 드러그 스토어를 띄운 순간이었다.

추천 제품 표시와 함께 '온 세상의 남성들이여, 체취 대책은 세우셨습니까?'라는 커다란 글씨가 떴다.

글씨를 차례로 읽다 보니 '신경 쓰이는 체취'라느니 '노화로 인한 체취의 변화*'와 같이 사람을 움찔하게 만드는 단어가 보였다.

페르 일행과 함께 고기를 자주 먹게 된 탓인지, 이전에는 그렇게까지 신경 쓰이지 않았던 체취가 이전보다 심해진 것 같은 기분이 들었거든.

땀 냄새도 땀 냄새지만.

그게, 베개에서도⋯⋯.

"명백하게 냄새가 난단 말이지⋯⋯."

그 냄새를 떠올리자 저절로 얼굴이 찌푸려졌다.

요전에 아침에 일어나 잠이 덜 깬 상태로 베개에 얼굴을 묻었을 때, 무의식중에 "냄새나"라고 말해버렸다고.

가만히 생각해 보니 나도 곧 30대다. 체취 변화 같은 게 신경

---

* 일본분 아니라 해외에서는 가령취(加齢臭), 노인 냄새라고 해서 보통 3~40대부터 체취가 변화해 제법 심각한 고민으로 부상되는 경우도 많다. 한국인이 유독 체취가 덜 나는 편

쓰이기 시작할 나이대다.

그때는 놀라서 '이게 흔히 말하는 노인 냄새라는 건가'라고만 생각했지만.

그런 일이 있다 보니 최근 들어 나 자신도 신경 쓰였던 문제에 딱 들어맞아서 나도 모르게 몸을 내밀고 진지하게 들여다보게 되었다.

남성의 체취를 관리하는 가장 빠른 방법은 노인 냄새 방지용으로 나온 보디 워시와 샴푸를 사용하는 것이라고 한다.

요컨대 그것 관련 추천 상품 소개였다.

읽으면서도 '이건 반드시 사야겠어!'라는 생각을 하며 소개된 상품들을 뚫어져라 쳐다봤다.

냄새의 원인이 되는 균을 철저하게 살균하는 것부터 그 냄새의 원인균이 아주 좋아하는 땀과 피지를 철저하게 씻어내는 것, 식물성 소재로 냄새 자체를 없애는 것.

나아가 거품이 잘 나면서도 씻겨내기 쉽다는 점을 강조하고 있는 상품도 있었다.

그리고 씻은 후 개운한 느낌을 주는 것과 피부를 촉촉하게 해주는 것도.

향도 감귤계를 시작으로 과일향, 허브향, 페퍼민트향 등 여러 가지였다.

"체취 방지용 보디 워시랑 샴푸가 꽤 많이 나왔었구나~."

생각보다 종류가 다양한 걸 보고 감탄하며 차분하게 나에게 맞을 듯한 걸 골라 나갔다.

그렇게 해서 고른 것이……

보디 워시는 땀과 끈적임을 말끔하게 씻겨내 냄새의 원인균을 살균, 냄새와 때를 없애는 데 특화된 제품을 골랐다. 향은 시트러스향. 상쾌한 향일 것 같아 기대가 크다.

샴푸는 두피 모공에 있는 기름기와 때를 말끔하게 씻어내고 비듬, 가려움, 땀 냄새를 방지하며 두피와 머리카락을 건강하게 유지해준다는 것으로 골랐다. 이쪽도 감귤계 향이다. 그리고 무엇보다도 지금 사용하고 있는 것과 마찬가지로 간편한 린스 겸용 제품이라는 게 이 제품을 고른 결정적인 이유였다.

그렇게 구입한 보디 워시와 린스 겸용 샴푸를 손에 들고, 나는 의기양양하게 "오늘 밤에 바로 써보자!"라고 외쳤다.

따뜻한 물을 머리에 뒤집어써서 머리카락을 적신 후, 오늘 구입한 린스 겸용 샴푸를 집어 들었다.

머리카락에 묻혀 주물주물 손을 움직이자 금방 거품이 났다.

"오오, 거품이 제법 잘 나네, 이거."

그 풍부한 거품이 머리카락과 두피에 밀착되어 말끔하게 씻겨주는 느낌이 들었다.

게다가 멘톨 성분이 들었는지 시원한 청량감이 두피에 느껴졌다.

"오~ 좋아, 괜찮은데?"

씻는 느낌도 나쁘지 않다.

두피의 모공에 쌓인 기름기와 냄새를 꼼꼼하게 씻어내기 위해 손가락의 넓은 면을 활용해 꼼꼼히 두피 마사지를 하며 머리카락을 씻어 나간다.

그리고 머리카락에 묻은 거품을 씻어내고…….

"개운하다~."

후우~ 하고 한숨을 돌리고 있자 드라 짱이 이쪽을 물끄러미 쳐다보았다.

『뭔가 말이야~ 오늘은 꽤 공들여 씻는 것 같다?』

"뭐 그렇지. 요즘 들어 두피에서 냄새가 나는 것 같아서 샴푸를 새 걸로 바꿨거든."

『아~ 네 베개에서 냄새가 나긴 했지.』

"으……."

알고 있었어?

『주인의 베개에서 냄새났어~.』

"크윽……."

스이도 알았구나.

혹시 '설마 곤 옹도 알아챘을까?' 싶어서 곤 옹을 쳐다보자…….

곤 옹은 눈을 감은 채 말없이 뜨거운 물에 몸을 담그고 있었다.

……이거, 잠든 거지?

"뭐, 뭐어, 인간은 여러모로 신경 쓸 게 많다고."

나는 얼버무리듯이 그렇게 말하고서 몸을 씻기 시작했다.

보디 워시 쪽도 거품이 매우 잘 났다.

그 거품으로 몸을 구석구석 꼼꼼히 씻는다.

몸에 묻은 거품을 씻어내자, 평소 사용했던 보디 워시보다 훨씬 상쾌하게 느껴졌다.

철저하게 씻어낸다고 광고할 만하네.

향도 강하지 않은 상쾌한 감귤 계열의 향이라 호감이 갔다.

느긋하게 욕조에 몸을 담그며 나는 '이렇게 해서 냄새가 신경 쓰이지 않게 되면 좋겠는데……'라는 생각을 했다.

다음 날 아침——.

일어나자마자 나는 조심스럽게 베개의 냄새를 맡아보았다.

…………세이프.

요전처럼 불쾌한 냄새는 안 난다.

효과는 좋았다.

하지만…….

"고기를 먹는 빈도는 좀 줄여야겠지……."

그렇게 나직하게 중얼거린 직후, 화들짝 놀란 얼굴로 나를 응시하는 페르와 눈이 마주쳤다.

『어, 어이, 고기 먹는 빈도를 줄이겠다니, 그게 무슨 소리냐?!』

"아니, 무슨 소리긴, 말 그대로의 의미지."

『그, 그런 건 허락 못 한다!』

그렇게 짖어대는 페르를 무시하고 나는 "자, 그럼 아침밥을 준비해 볼까" 하며 침실을 나섰다.

고기 먹는 빈도를 줄이겠다는 건 나한테만 해당되는 소리였지만 말이야.

오랜만에 본 허둥대는 페르의 모습이 우스워서 나는 쿡, 하고 웃었다.

후기

에구치 렌입니다. 〈터무니없는 스킬로 이세계 방랑 밥 12권 ~ 카라아게 × 거대한 고룡~〉을 구입해주셔서 정말로 감사합니다!

소설가가 되자에서 연재를 시작한지도 어언 7년. 인연이 닿아 오버랩에서 서적판을 출판해주신 이 시리즈도 드디어 12권이 되었습니다.

이렇게 오랫동안 시리즈를 이어갈 수 있게 된 것은 전적으로 독자 여러분 덕분입니다.

여러분, 정말로 감사합니다!

12권은 11권에 이어 브릭스트 던전편입니다. 무코다 일행은 드디어 전인미답의 영역인 심층부로 향합니다.

그리고 최하층에서 생각지 못한 만남을 가집니다. 페르와는 악연인 초거물이 등장합니다. 그리고 그 초거물 역시 무코다의 밥에 낚여 무코다 일행의 새로운 동료가 됩니다.

강력한 무코다 일행이 한층 더 파워업한 겁니다(웃음).

그런 신 캐릭터 등장 장면은 작가로서 쓰면서 즐거웠으니 여러분도 재미있게 봐주셨으면 좋겠습니다.

본편 코믹스가 8권까지, 외전 코믹스는 6권까지 발매되었으니 아직 읽지 않으신 분이 계시다면 매우 재미있으니 부디 이쪽도 읽어봐 주십시오.

일러스트를 그려주고 계신 마사 선생님, 본편 코믹스를 담당해주고 계신 아카기시 K선생님, 그리고 외전 코믹스를 담당하고 계신 후타바 모모 선생님, 담당 편집자인 I님, 오버랩사 여러분, 정말로 감사합니다.

끝으로 여러분, 앞으로도 무코다와 페르, 드라 짱, 스이, 그리고 새로이 추가된 동료, 곤 옹의 느긋하고 훈훈한 이세계 모험담 〈터무니없는 스킬로 이세계 방랑 밥〉의 WEB연재판, 서적판, 코믹스를 두루두루 잘 부탁드립니다.

13권에서 다시 뵐 수 있기를 간절하게 기도하고 있겠습니다.

Tondemo Skill de Isekai Hourou Meshi 12
ⓒ2022 Ren Eguchi
First published in Japan in 2022 by OVERLAP, Inc.
Korean translation rights reserved by Somy Media, Inc.
Under the license from OVERLAP, Inc., Tokyo JAPAN

터무니없는 스킬로 이세계 방랑 밥 12

카라아게×거대한 고룡

2024년 1월 15일 1판 2쇄 발행

저　　　자 에구치 렌
일 러 스 트 마사
옮 긴 이 이신
발 행 인 유재옥
이　　　사 조병권
출판본부장 박광운
담 당 편 집 홍길동
편 집 1 팀 박광운 최서영
편 집 2 팀 정영길 조찬희 박치우 정지원
편 집 3 팀 오준영 이해빈 이소의
디자인랩팀 김보라 박민솔
디지털사업팀 박상섭 김지연 윤희진
라이츠사업팀 김정미 맹미영 이윤서
영업마케팅팀 최원석 박수진 박소연
물 류 팀 허석용 백철기
경영지원팀 최정연
인쇄제작처 ㈜코리아피엔피
발 행 처 ㈜소미미디어
등　　　록 제2015-000008호
주　　　소 서울시 마포구 토정로222, 403호 (신수동, 한국출판콘텐츠센터)
판매 및 마케팅 (070) 8822-2301

ISBN 979-11-384-8100-7
ISBN 979-11-6190-011-7 (세트)